d

Anne Reinecke

HINTER DEN MAUERN DER OZEAN

ROMAN

DIOGENES TAPIR

Nachweis der Zitate am Schluss des Bandes
Covermotiv: Design by Diogenes Verlag
unter Verwendung einer Illustration des Smithsonian's
National Air and Space Museum

Der Diogenes Verlag wird vom Bundesamt für Kultur
für die Jahre 2021–2024 unterstützt

Take care.

C2C SILBER
drucksinn.at

www.diogenes.ch/tapir

80/24/72/1
ISBN 978 3 257 07316 4

I

Es gibt keinen Anfang. Es gibt kein Ende.

Wir sind die Ewigen. Es gab uns immer. Es wird uns immer geben.

Wir sind an den Ort gebunden. Der Ort ist an uns gebunden. Es gab ihn immer. Es wird ihn immer geben. Wir garantieren ihn. Er garantiert uns. Es gibt keinen Anfang. Es gibt kein Ende.

II

Natürlich stimmt das nicht. Natürlich gibt es einen Anfang. Der Anfang liegt im Dunkeln. Der Anfang liegt im Sumpf.

Man hat in der Nähe Feuersteine gefunden, die etwa sechzigtausend Jahre vor Beginn der Alten Zeit bearbeitet wurden. Damals müssen Menschen in der Nähe gewesen sein. Ob sie sich niederließen oder nur vorbeiwanderten, wissen wir nicht.

Wann die ersten Menschen hier sesshaft wurden, wissen wir nicht. Man hat eine Bohle eines alten Hauses ausgegraben und die Jahresringe gezählt. Der Baum war eine Eiche und wurde ungefähr im Jahr eintausendeinhundertachtzig alter Zeitrechnung gefällt. Es kann aber sein, dass es schon vorher Behausungen gegeben hatte, von denen nichts geblieben ist. Es hat oft gebrannt in der Alten Zeit. Es gab Kriege. Es gab Naturkatastrophen. Holz hält sich nicht gut. Wir wissen nicht viel.

Das älteste Schriftstück, in dem der Ort erwähnt wird, entstand siebenundfünfzig Jahre nachdem der Baum gefällt worden war. Das älteste Schriftstück, das noch erhalten ist. Vielleicht hat es noch ältere gegeben. Papier ist aus Holz gemacht. Es zerfällt oder verbrennt oder löst sich auf.

Als das Schriftstück entstand, war der Ort eine Stadt, die aussah wie eine befruchtete Eizelle nach der ersten Teilung, die Zellkerne zwei Kirchen, von denen eine heute noch steht. Das Fundament der Kirche ist aus unbearbeiteten Feldsteinen gebaut. Diese Steine müssen hier herumgelegen haben, als die Alten ankamen. Die oberen Schichten sind später entstanden. Steinquader, Backsteine. Kein besonders komplizierter Bau. Der Ort kann noch keine große Bedeutung gehabt haben, als diese Kirche errichtet wurde.

Kirchen waren *Gotteshäuser*. Die Alten hatten *Götter*. An diesem Ort zu dieser Zeit hatten sie einen dreigeteilten Gott, der unteilbar war, der ewig war und sterblich.

Wir sind fünf. Wir sind ewig. Wir sind sterblich.

Wir sind Friedrich, Wilhelm, Alexander, Else und Lola.

Ich bin Lola. Es gab mich vor mir, und es wird mich nach mir geben. Kein Anfang, kein Ende.

Natürlich stimmt das nicht. Natürlich wird es irgendwann ein Ende geben.

III

Im Sommer kommen die Schiffe. Ich stelle sie mir groß vor, weiß und glänzend. Sehr groß, sehr weiß und sehr glänzend. Ich stelle mir vor, dass sie aus einem Material gemacht sind, das mir unbekannt ist. Ein Material, das aussieht wie Eis und das härter ist als alles, was es innerhalb der Mauern gibt.

Das Härteste, was es innerhalb der Mauern gibt, ist Stahl. Ein Stahlskelett ist oft das Letzte, was stehen bleibt. Die Alten haben damit gebaut. Stahl, Beton, Glas, Backstein, Sandstein. Die Fußböden haben die Alten aus Holz gemacht und auch die Möbel. Es ist erstaunlich, wie oft ich intakte Stücke finde. Stühle, Tische, Schränke. Vergraut, spröde, aber noch ganz.

Wir sollen nicht ins ungesicherte Gebiet gehen. Wir sollen auf den instand gehaltenen Wegen bleiben. Wir sollen ausschließlich die instand gehaltenen Gebäude betreten. Ungesicherte Gebäude können jederzeit einstürzen.

Aber das passiert nur selten, und ich bin vorsichtig. Ich teste den Boden, bevor ich auftrete, ich halte mich von Löchern und morschen Stellen fern, ich misstraue den Geländern, jetzt im Winter habe ich einen Besen dabei, um den Schnee vor meinen Füßen wegzufegen und zu sehen, was darunterliegt, und zu beiden Jahreszeiten meide ich Räume, in denen größere Steine auf dem Fußboden liegen, denn Steine auf dem Fußboden sind aus der Decke gebrochen, und wo einer ist, kommen noch mehr.

Das Glas in den unteren Etagen der ungesicherten Gebäude ist längst zersplittert und weggewaschen, ich kann durch die Fenster in die Räume steigen. Nach etwas zu suchen lohnt sich dort selten, alles ist verwittert. Aber weiter oben gibt es ab und zu noch Scheiben in den Fenstern, sodass es dort wettergeschützt ist, dadurch ist der Erhaltungszustand besser.

Manchmal mache ich mir die Mühe, ein oder zwei Fenster zu putzen. Das ist eine heikle Angelegenheit, ich muss sehr vorsichtig sein, damit sie nicht aus den Rahmen brechen, zu viel Druck ist nicht gut, die Bauten im ungesicherten Gebiet vertragen das schlecht, nicht übertreiben, sonst war der ganze Einstieg umsonst. Aber wenn es mir gelingt, werde ich belohnt. Mit der Helligkeit wird es wärmer, und es treten Schätze zutage.

Im Licht kann ich Reste der Wandfarbe erkennen, sie muss einmal rosa gewesen sein. Ich ziehe meine Handschuhe aus und streiche mit den Fingerkuppen über die Wand, es fühlt sich glatter an, als ich gedacht habe. Beim Weitergehen bleibe ich mit dem Zeigefinger an der Wand: Farbe, Putz, Beton, Backstein, Putz, Backstein, Mörtel. Die Wand ist trocken.

In der Alten Zeit, der Dampfmaschinenzeit, als diese Häuser gebaut wurden, da gab es Menschen, die dort einzogen, so lange das Mauerwerk noch feucht war, weil sie sich nichts Besseres leisten konnten. Wenn dann alles trocken war und die echten *Mieter* kamen, zogen sie weiter, in das nächste feuchte Loch.

Trockenwohnen. Mietskasernen. So voll war die Stadt.

Jetzt gehört das alles mir. Genau genommen gehört es uns allen. Friedrich, Wilhelm, Alexander, Else und mir. Aber soweit ich weiß, bin ich die Einzige, die im ungesicherten Gebiet herumklettert. Es gibt Gegenden, in denen ich nicht mehr nachvollziehen kann, wo in der Alten Zeit die Straßen verliefen. Trümmer, dazwischen Grasflächen, Moos, Sand, im Sommer mit Eidechsen, im Winter mit Schnee. Birken, Linden und Essigbäume, im Winter kahl, im Sommer erst grün, dann rot. Der Blick reicht dort weit, und in der Ferne ragt die innere Mauer auf.

An anderen Stellen sind noch ganze Häuserblocks erhalten, vier Stockwerke. Kopfsteinpflaster oder aufgeworfener Asphalt. Wenn ich den Blick nicht hebe, kann ich mir hier vorstellen, dass die Ausdehnung der Stadt endlos ist. Oder dass sie an den Rändern in eine sanfte Landschaft übergeht, Hügel, Wiesen, Felder. Erst wenn ich nach oben sehe, erscheint über den Dächern der Hintergrund: Beton, darüber Himmel.

Durch das Fenster kann ich das gegenüberliegende Haus sehen. Es ist beinahe schwarz, darüber leuchtet weiß das schneebedeckte Dach, und aus dem Dach wächst eine einzelne Birke. Hier in meinem Raum ist der Boden trocken und stabil, es ist windgeschützt, und ich habe noch ein Stückchen Käse, eine Handvoll Rosinen und etwas Milch, das reicht bis morgen, dann muss ich zurück ins instand gehaltene Gebiet. Abseits der sicheren Wege kommen keine Pakete.

Ich nehme meinen Besen vom Gürtel, fahre den Stiel aus und fege ein Stückchen Boden frei. *Dielen.* Ich würde gern meine Stiefel ausziehen und barfuß auf dem rauhen Holz herumlaufen, aber ich widerstehe. Kalte Füße sind gefährlich. Splitter und Nägel sind gefährlich. Tetanus. Eiter. Blutvergiftung.

Wir sollen auf uns achtgeben. Im Winter müssen wir alle Notfälle und Krankheiten selbst behandeln, das kann unangenehm werden.

Die Reste eines Sofas und eines Regals sind nur noch zu erahnen. Aber ein größerer Tisch, einer der Stühle und ein Schrank sehen beinahe unversehrt aus. Der Stuhl trägt mein Gewicht, doch ich bleibe nicht lange sitzen.

Mich interessieren der Schrank und sein Inhalt. Die Tür stellt sich bei näherer Betrachtung als Schiebetür heraus. Schiebetüren sind verklemmt, verzogen, eingerostet, immer. Auch diese hier lässt sich nicht bewegen, mit aller Kraft nicht, und selbst mit einem Hebel nicht, ich rutsche ständig ab. Ich überlege, einfach den ganzen Schrank kaputt zu schlagen. Das sollen wir nicht. Wir sollen das Erbe ehren. Wir sollen von den Alten singen. Wir sollen Bestehendes erhalten. Schlimm genug, dass ich das instand gehaltene Gebiet verlassen habe. Aber andererseits – da öffnet sich die Tür ein Stückchen, mit einem lauten Seufzen, als hätte sie meine Gedanken gehört.

Der Spalt ist breit genug für meinen Arm. Erst ertaste ich nur zerfallende Fetzen und rostige Kleiderbügel, das Übliche. Aber dann greife ich etwas Glattes, Flexibles, Großes und ziehe es heraus. Es ist gelb und aus Gummi. Ein Mantel. Er hat eine

Kapuze, nur drei kleine Risse und keinen Verschluss mehr. Aber mit meinem Gürtel werde ich ihn schließen können. Ich schlüpfe hinein, er passt über meinen Thermoanzug. In der rechten Tasche entdecke ich Schimmel, aber auch ein rundes, verrostetes Stück Metall, wahrscheinlich eine alte Münze, so etwas findet sich immer wieder. Die Alten haben sie für kleineren Handel benutzt, zum Tausch gegen Waren oder Dienstleistungen. In der linken ertaste ich etwas, das ich zuerst für einen ausgerissenen Teil des Mantelstoffes halte. Es dauert einige Zeit, bis ich erkenne, was ich da in der Hand halte. Und nachdem ich es erkannt habe, dauert es noch einmal doppelt so lange, bis ich es auch glaube.

Papier im ungesicherten Gebiet zu finden ist eigentlich unmöglich. Natürlich gibt es noch Papier in der Stadt. Es gibt die umfangreichen Bestände in der Staatsbibliothek, die erhaltenen Schriften, die wir hüten und pflegen. Ohne sie wäre unsere Überlieferung nicht denkbar. Aber außerhalb hatte kein Papier Bestand. Eigentlich.

Vorsichtig. Nichts kaputt machen. Mit einem meiner Handschuhe wische ich ein Stück der Tischplatte so sauber wie möglich, bevor ich das Papier darauflege. Ich setze mich auf den Stuhl, atme möglichst flach und streiche es glatt, ganz sanft. Es ist ungefähr so breit wie zwei meiner Finger und so lang wie einer. An drei Seiten ist der Rand ausgefranst, die vierte Kante ist gerade. Farblich liegt es zwischen Hellgrau und Gelb, und es ist deutlich dicker als die Buchseiten in der Bibliothek. Ich betrachte es eine Weile, dann schiebe ich vorsichtig links und rechts die Nägel meiner Zeigefinger darunter und drehe das Papier um. Ich kann Reste einer gedruckten Schrift erkennen, aber sie ist sehr verblasst und schwer zu entziffern. Ich brauche einige Minuten, nur um herauszufinden, dass die Schrift auf dem Kopf steht. Lateinische Buchstaben. Ich nehme das Papier wieder auf meine Handfläche und gehe damit zum Fenster. Hier ist das Licht besser. Zeichen für Zeichen taste ich mich vor. Da steht:

01 – nicht übertragbar – berec

Mehr ist nicht zu entziffern. »Nicht übertragbar«, ich sage es vor mich hin und versuche, mir das Schriftbild einzuprägen.

»Nicht übertragbar, nicht übertragbar«, keine Serifen, »nicht übertragbar«, die Buchstaben dicht beieinander, »nicht übertragbar«. Ich verstaue das Papier so glatt und sicher wie möglich in meinem Notfalletui zwischen den Mullbinden und stecke es in die Innentasche meines Anzugs, links über der Brust.

Bei Anbruch der Dämmerung rolle ich meine Matte auf dem Holzboden aus, lege mich darauf und versuche, mir die Menschen vorzustellen, die hier *gewohnt* haben.

Wohnung. Flur, Küche, Bad, Wohnzimmer, Schlafzimmer, Kinderzimmer.

In der Alten Zeit haben die Leute in kleinen Gemeinschaften zusammengelebt.

Familie. Üblicherweise je zwei Erwachsene mit üblicherweise zwei sexuell gezeugten Kindern.

Jedes Kind sah anders aus. Geschwister unterschieden sich nicht nur untereinander, sondern auch von ihren *Eltern*. Ich versuche, mir das vorzustellen. Ich versuche, mir immer neue Kindergesichter auszudenken, indem ich Gesichter mische, die ich von Gemälden kenne. *Die Marsham-Kinder, Amor als Sieger, Catharina Hooft.* Wenn ich allein bin, spiele ich dieses Spiel vor dem Einschlafen. Neue Gesichter entstehen zu lassen gelingt mir erst, wenn ich unsere eigenen Kindergemäldegesichter mit hineinmische: Friedrich, Wilhelm, Else, Alexander, ich.

Die Gemälde von uns sind oft älter als wir selbst. Ich sehe aus wie die Lola vor mir, und die Lola vor mir sah aus wie die vorangegangene Lola und immer so weiter. Auf den Lolagemälden kann ich mich als Zweijährige sehen, mit fünf Jahren, mit fünfzehn, ich kann sehen, wie ich jetzt aussehe, und ich kann sehen, wie ich altern werde. Auf den letzten Gemälden zähle ich vielleicht fünfundsechzig oder siebzig Sommer. Was danach kommt, weiß ich nicht.

Wie die Kinder der Fremden aussehen, weiß ich nicht. Mit den Schiffen kommen keine Kinder.

Die Einzigen, die die Festung als Kinder betreten dürfen, sind wir. Wenn wir ankommen, können wir allein laufen und essen. Das Sprechen lernen wir in den Mauern. Das Erinnern lernen wir in den Mauern.

Die Einzigen, die in der Festung bleiben dürfen, sind wir.

Wir sind die Glücklichen. Wir sind die Ewigen.

IV

Im Winter bewegt sich Friedrich kaum noch aus Tempelhof weg. Von Jahr zu Jahr wird es schlimmer mit ihm. »Das ist der sicherste Ort«, sagt er. »Wir müssen am Rand bleiben. Wir müssen so weit wie möglich vom Tor wegbleiben. Und wir müssen höhergelegene Gebiete aufsuchen.« Wenn ich ihn sehen will, muss ich ihn besuchen.

Wir sitzen mit dem Rücken an der inneren Mauer und hören der Brandung zu. Die Wellen brechen an der Außengrenze. Im Sommer ist das kaum zu hören, ein leises Rauschen, das mit dem Brummen der Pumpen verschwimmt, monoton und beruhigend. Aber jetzt ist es ein Donnern, und wir spüren die Erschütterung in unseren Wirbelsäulen. Wir spüren sie, obwohl das unmöglich ist. Friedrich hat seismische Messungen angestellt, der Doppelring bewegt sich nicht.

»Das ist der sicherste Ort«, sagt er.

Dir fehlt das Vertrauen, denke ich, nirgendwo könnte es sicherer sein als in der Festung. Die Festung ist ewig und heilig, wir sind ewig und heilig, die Fremden ehren und bewahren uns. Und wenn sie uns wirklich fluten wollten, wäre es egal, wo wir uns aufhalten.

»Ja«, sage ich.

Der Nebel verbirgt die Stadt, wie wir sie kennen. Wenn wir den Blick nach vorn richten, sehen wir die Dächer nicht und nicht die Türme, wir sehen die Kuppeln nicht und nicht die Mauer. Wir sehen nur unser Feuer und dahinter die große Ebene der Freiheit, in der Ferne verwischt sich das Panorama, kein Himmel, kein Beton, nur Weiß. Dahinter könnte sich alles verbergen.

Mit der Schneedecke sieht die Freiheit aus wie eine vereiste Wasserfläche, vereinzelt ragen kleine Inseln mit Sträuchern heraus. Auf der anderen Seite stehen zwischen den Bäumen die Büffel und die Pferde. Die Tiere bleiben beieinander, und sie meiden die Nähe der Mauer. Vielleicht ein Instinkt, den wir verloren haben.

»Ich weiß noch, wie du angekommen bist«, sagt Friedrich. Ich kenne die Geschichte, er hat sie mir tausendmal erzählt, früher habe ich sie gern gehört. Klein war ich, dünn und blass, geschrien habe ich und getreten, wie eine Verrückte getreten und geschrien, und trotzdem habe ich schon ausgesehen wie eine echte Lola, wie die alte Lola, seine Lola.

Das hat Friedrich gleich erkannt, an meinen großen, dunklen Augen hat er erkannt, wer ich bin, und es hat ihn traurig gemacht und gleichzeitig glücklich, er hat mich in die Arme genommen, und da hat er geweint, zum ersten Mal, seit er sich erinnern kann.

Drei Nächte vorher, als die alte Lola entschwunden war, hat er nicht geweint.

»Ich weiß auch nicht, warum nicht«, sagt Friedrich.

»Vielleicht hast du bis dahin gehofft, dass sie doch noch zurückkommt«, sage ich, »dass sie nicht wirklich entschwunden ist. Es hätte ja sein können, dass sie sich nur versteckt, irgendwo im ungesicherten Gebiet. Die Stadt ist groß.«

»Nein«, sagt Friedrich, »ich wusste, dass ich sie nicht wiedersehen werde. Ich habe sie gerufen, drei Mal, mit dem Linearfunk und mit dem Echo, sie hat nicht geantwortet, und da wusste ich es.«

Er steht auf, dreht mir den Rücken zu, greift sich eine Handvoll Reisig und wirft es ins Feuer. Die Flammen lodern kurz auf, dann beruhigen sie sich.

Das Entschwinden der alten Lola stellt eine Ausnahme dar. Sie ist entschwunden, bevor ich angekommen bin. So etwas passiert eigentlich nicht. Eigentlich hätten wir einen Winter zusammen in der Festung leben sollen.

»Hast du schon mal überlegt –«, sage ich.

Friedrich schüttelt den Kopf. »Nein. Sie wäre nicht abgehauen, ohne etwas zu sagen. Das hätte sie nicht gemacht. Mir hätte sie es gesagt.«

»Ja«, sage ich, »ganz bestimmt.«

»Sie ist entschwunden«, sagt Friedrich.

»Ja.«

»Außerdem ist noch nie jemand abgehauen.«

Das kannst du gar nicht wissen, denke ich. Ich sage: »Ja, ich weiß.«

»Noch nie«, sagt Friedrich.

»Du wärst der Erste«, sage ich.

»Wir«, sagt Friedrich. »Wir werden die Ersten sein. Du und ich.«

Ich sage nichts.

Später, als es kälter wird, will er mir das Boot zeigen. Arm in Arm gehen wir über die verschneite Freiheit, unsere Schritte klingen wie Zähneknirschen. Bei den Büffeln und Pferden machen wir halt. Die Tiere brauchen nicht viel Pflege, ihr Futter finden sie auch unter dem Schnee, im Grunde könnten wir sie sich selbst überlassen, aber es ist gut, wenn sie an uns gewöhnt sind, vor allem die Pferde. Wenn wir uns nähern, kommen sie auf uns zu und begrüßen uns, sie schnauben, und manchmal legen sie ihre warme Stirn an unsere. Die Büffel heben die Köpfe.

Vor vier Wintern hat Friedrich damit begonnen, die Büffelmütter zu melken. Sie produzieren jetzt mehr, als die Kälber brauchen, und wir können Milch trinken und Käse machen. Es ist wichtig, nicht von den Paketen abhängig zu sein, sagt Friedrich. Am Rande der Freiheit hat er einen Acker angelegt. Dort zieht er Rüben. Sobald es taut, wird er die Aussaat vorbereiten.

Ich bin gern bei den Tieren. Sie dampfen warm, riechen nach Kraft, und es gefällt ihnen, wenn ich sie am Kopf kraule. Ihr Fell ist rauh und dicht.

Beim Melken ist die Reihenfolge wichtig. Erst sind die Kälber an der Reihe, der Rest ist für uns. Heute sind es etwa vier Liter, die wir mitnehmen, nicht übertreiben, melken wir sie zu viel, produzieren die Büffelmütter noch mehr, und dann fangen sie an, nach uns zu rufen, wenn wir unserer Aufgabe nicht nachkommen. Das kann im Sommer zum Problem werden oder spätestens, wenn wir irgendwann nicht mehr hier sein sollten.

Tief im Keller des Flughafengebäudes, dort, wo sonst niemand hingeht, weil es viel zu dunkel und viel zu verwinkelt ist, liegt das Boot. Ich bin die Einzige, die davon weiß. Ich musste versprechen, niemandem davon zu erzählen, vor allem Wilhelm nicht.

Der Weg führt durch unzählige Gänge, obwohl

ich schon tausendmal hier war, würde ich ohne Friedrich nicht zurückfinden. Er hat uns Helme mit Stirnlampen gebaut. Tagsüber legt er sie in die Sonne, damit sie sich aufladen. Wir gehen mit gesenkten Köpfen, sodass wir den Boden vor unseren Füßen beleuchten.

Das Boot liegt in Einzelteilen in einer großen Halle. Seit ich mich erinnern kann, baut Friedrich daran. Schon als ich noch ein Kind war, hat er mich hierher mitgenommen, sobald ich alt genug war, ein Geheimnis zu hüten. Er hat mir Stoffballen gezeigt, Werkzeuge, Holz- und Metallstücke und gesagt: »Das ist unser Boot, Lola. Damit fahren wir weg.«

Ich suche die Bruchstücke mit meinem Lichtkreis ab. In meinen Augen hat sich nichts verändert, seit ich zuletzt hier war. Ich glaube nicht, dass Friedrich jemals damit fertig wird. Das ist ein beruhigender Gedanke. Er soll hierbleiben. Seit ich mich erinnern kann, ist er da. Ich stelle mich neben ihn und lehne meinen Kopf an seinen Hals. Dort hat er eine helle Narbe, wie eine Mondsichel. Wenn wir nebeneinander stehen, leuchtet dieser Mond genau auf der Höhe meines Mundes. Das ist meine Lieblingsstelle. Unsere Lichtstrahlen kreuzen sich. Friedrich legt seinen Arm um mich. Er atmet schwer. Der Weg hat ihn angestrengt, und er ist aufgeregt.

»Siehst du«, sagt er, »der Rumpf«, er leuchtet ein größeres Metallstück ab, »ich habe ihn leichter gemacht, schmaler und stabiler, so wird das Ganze einfacher zu heben und zu senken sein.«

»Ja«, sage ich.

»Und ich habe die Beschichtung für die Nähte verändert. Der Ballonteil kann so größere Hitze aushalten.«

»Ja«, sage ich, »das ist gut.«

Die Konstruktion besteht aus zwei Teilen. Es gibt den Ballon, der nach der Überwindung der Doppelmauer eingeholt werden soll, vielleicht wird er auch abgeworfen werden müssen, das hat Friedrich noch nicht entschieden.

Ballons waren die ersten Fahrzeuge, mit denen Menschen in die Luft stiegen, auch unter den Alten gab es immer mal wieder welche, die so etwas selbst gebaut haben. Das System ist nicht sehr kompliziert, bloß die Näherei ist eine endlos monotone Arbeit.

Der Ballon muss nur aufsteigen, er muss groß genug sein, um zu tragen, was unten daranhängt, er muss die vermutlich recht kurze Distanz zwischen der äußeren und inneren Mauer überwinden und dann wieder absinken. Wenn man es richtig macht, ist das nicht gefährlich, sagt Friedrich, wir verwenden ja Gas nur für den Brenner. Er hat dafür Kartuschen gesammelt, die eigentlich für seinen Kocher bestimmt waren. Gas im Ballon selbst wäre viel zu riskant, Brandgefahr, schwer zu kontrollieren, auch besteht das Risiko, zu hoch aufzusteigen und dann zu erfrieren oder zu wenig Sauerstoff zu bekommen, das alles lässt sich aus den Fehlern der Alten lernen, sagt Friedrich. Deshalb will er Heißluft verwenden, das können wir gut kontrollieren, wenn wir den Brenner erst richtig eingestellt haben.

Der Knackpunkt ist der untere Teil, das Boot. Es muss leicht genug sein für den Ballon und stabil genug für die Fahrt von unbestimmter Länge.

Unzählige Modelle hat Friedrich sich ausgedacht, zu bauen begonnen, getestet und wieder verworfen, diverse Flöße, zwei Mini-U-Boote, einen Katamaran, ein Schilfboot, alles umsonst.

Das aktuelle Modell ist recht klein und eine Art Kapsel. Es ist aber kein U-Boot, es soll an der Oberfläche schwimmen und mit einem Segel angetrieben werden.

Der Innenraum wird sich wasserdicht schließen lassen. Links und rechts müssen noch Auftriebskörper angebracht werden. Friedrich hat eine Belüftung entworfen, und es gibt eine Kuppel aus durchsichtigem Kunststoff, durch die man nach draußen sehen kann, ohne die Kapsel zu verlassen.

Etwa 370 Seemeilen. Plus/minus.

Wenn es die Alpen wirklich gibt. Ich habe Gemälde gesehen. *Der Watzmann.* Das alles könnte auch ausgedacht sein.

Ich löse mich von Friedrich, gehe einen Schritt zur Seite und leuchte sein Gesicht an. Wenn er lacht, sieht er jung aus und anders. Er leuchtet mich auch an und legt den Kopf schräg.

»Das wird funktionieren, Lola«, sagt er, »du wirst sehen. Weißt du noch, wie ich dir von Odysseus erzählt habe?«

»Ja«, sage ich, »ich weiß. Es war aussichtslos, aber er hat nicht aufgegeben, und am Ende ist er angekommen.«

»Genau.« Friedrich lacht.

Ich habe die Landkarten gesehen. Wieder und wieder habe ich mich mit Friedrich darübergebeugt. Entfernungen, Höhenlinien, Himmelsrichtungen, das alles haben wir mit unseren Fingern nachgefahren, das alles haben wir uns gemerkt. Südsüdwest. Warum sollten die Landkarten ausgedacht sein?

»Warte mal«, sage ich. »Ich hab was für dich.« Ich gehe in die Hocke, wühle in meinem Rucksack und ziehe den gelben Mantel heraus. »Da«, sage ich. »Vielleicht kannst du das brauchen. Eine Stelle ist ein bisschen verschimmelt, aber der Rest ist gut.«

»Gummi! Lola!« Friedrich umarmt mich, hebt

mich hoch und dreht uns im Kreis. »Gummi, Lola, wunderbar! Wo hast du das her?«

»Aus dem ungesicherten Gebiet. Und ich hab noch was gefunden. Das zeig ich dir oben.«

Friedrich hat eine Ecke des südwestlichen Hangars mit Fellen und Stoffen abgeteilt und sich dort eine Behausung eingerichtet. Alle Möbel hat er selbst gebaut. Es gibt ein großes Bett, einen Tisch mit fünf Stühlen und verschiedene Truhen und Kästen, in denen er Karten und Bücher aufbewahrt. Das sollen wir nicht. Die Bestände sollen in der Staatsbibliothek verbleiben. So steht es in den Schriften. Aber die Schriften sind alt und müssen interpretiert werden, sagt Friedrich, und außerdem wird er alles zurückbringen, und wer im ungesicherten Gebiet herumwandert, soll mal lieber die Klappe halten.

Ich setze mich an den Tisch.

»Willst du was trinken?«, fragt Friedrich.

»Nein, nichts Flüssiges, bitte!«

Vorsichtig packe ich das Papier aus. Es ist noch intakt.

Friedrich setzt sich, sieht sich meinen Schatz an und nickt.

Ich hatte mir mehr Begeisterung erhofft.

»Papier«, sage ich. Er nickt.

»Nicht aus der Staatsbibliothek«, sage ich.

»Ja«, sagt Friedrich.

»Und da steht was drauf.« Er nickt.

»*Nulleins, nicht übertragbar, berec*«, lese ich vor. Er schweigt.

»Es könnte vielleicht *berechtigt* heißen«, sage ich, »oder *berechnet* oder *berechnend*.« Nichts.

»Friedrich?«

»Ja«, sagt Friedrich. »Entschuldige bitte. Manchmal wird mir die Ähnlichkeit zu viel.«

Ich bin still, sehe ihm in die Augen und warte.

Friedrich seufzt. »Entschuldige, du kannst das ja gar nicht wissen. Lola, also, die alte Lola, meine Lola, die hat auch manchmal Papier gefunden. Im ungesicherten Gebiet. Sie hat es gesammelt und bei mir gelassen. Ich dachte immer, das ist ein Geschenk, für mich. Aber wenn ich jetzt so darüber nachdenke, vielleicht war es auch für dich.«

Er steht auf, langsam, und geht zu einer der Truhen. Von hinten sieht er traurig aus und müde. Die alte Lola hat ihn als Kind gekannt und als jungen Mann. Und sie hat den Friedrich vor ihm gekannt. Als er zurückkommt, hält er eine Blechdose in den Händen.

»Da«, sagt er, »für dich.«

Es sind sieben verschieden große Papierstücke darin, mit meinem haben wir also acht, alle mehr oder weniger sichtbar beschriftet, manche Buchstaben sind nicht mehr zu erkennen. Wir legen die Papiere auf dem Tisch aus und lesen gemeinsam, was da steht, Friedrich hilft mir, er kennt die Buchstaben auswendig.

CH DU HÄLT

isein ritter

01 – nicht übertragbar – berec

s st alles gut

wir sic m gen eigen

bin da

SP E EL

NICHT VERGESSEN!

Vielleicht ergibt sich eine Geschichte, wenn ich die Stücke anders sortiere, denke ich. Viele Geschichten vielleicht.

»Danke«, sage ich.

Friedrich legt seinen Arm um mich und sieht mich an, als suche er etwas. Ich greife in seinen Nacken, ziehe ihn zu mir und küsse ihn. Er ist warm und schmeckt nach Salz. Sein Atem ist angenehm, laut und gleichmäßig. Als ich mich von ihm löse, sucht er nichts mehr und lächelt.

V

Nichts erzählen, vor allem Wilhelm nicht.

Manchmal wundere ich mich, dass Friedrich mir traut, überall sonst wittert er Verschwörung und Verrat, nur mich behandelt er, als wäre ich anders, als wäre ich ein Teil von ihm.

Natürlich weiß Friedrich, dass ich nicht immer, wenn ich nicht bei ihm bin, im ungesicherten Gebiet herumwandere.

Es ist nicht so, dass Friedrich Wilhelm nicht lieben würde. Er hält ihn für schwach, nicht für böse.

»Natürlich liebe ich ihn. Und ich kenne ihn länger als du. Ich kannte ihn vor dir, und ich kannte auch den Wilhelm vor ihm, und ich sage dir, da ist etwas, das du nicht sehen willst. Ich trau ihm nicht.«

Ich nicke dann. Friedrich traut sowieso niemandem. Den Mauern nicht und den Fremden nicht, den Übersetzern nicht und den Geboten nicht. Nachts schreckt er aus dem Schlaf, weil er glaubt, die Pumpen nicht mehr zu hören. »Das Wasser, Lola, wenn das Wasser kommt, sind wir verloren.«

Bei den Alten waren die Spitzel immer die, von denen du es nicht gedacht hättest, sagt Friedrich. Die Netten. Die Fröhlichen. Die, denen du alles erzählen wolltest. Es sind immer die, von denen du es nicht denkst, sagt Friedrich. »Das gehört zum System, Lola, begreif das doch, so halten sie uns unter Kontrolle. Ich sage dir, du musst vorsichtig sein.«

»Gar nichts muss ich.«

Wir lachen dann, denn das sage ich immer. »Gar nichts muss ich«, das habe ich schon als Kind zu ihm gesagt, aber natürlich stimmt das nicht. Natürlich muss ich.

»Bitte versprich mir, dass du aufpasst. Irgendetwas an ihm ist falsch, das musst du doch auch sehen. Du weißt nicht, was er da wirklich mit den Fremden macht, jeden Sommer, wenn niemand hinsieht. Erzähl ihm nicht zu viel.«

Ich verspreche es.

Vielleicht ist Friedrich nur eifersüchtig.

Wenn ich über ihn lache, verzeiht er mir. Wenn ich mich nicht blicken lasse, verzeiht er mir. Er verzeiht mir alles, weil er weiß, dass ich zurückkomme. Weil er glaubt, dass ich zurückkomme. Weil er darauf angewiesen ist, dass ich zurückkomme.

VI

Im Sommer kommen die Schiffe. Ich stelle sie mir groß vor, weiß und glänzend. Sehr groß, sehr weiß und sehr glänzend. Ich stelle mir vor, dass sie aus einem Material gemacht sind, das mir unbekannt ist. Ein Material, das aussieht wie Eis und das härter ist als alles, was es innerhalb der Mauern gibt.

Wahrscheinlich sind die Schiffe ganz anders beschaffen. Sie könnten aus Holz sein, mit großen bunten Segeln, prall im Wind, und an den Masten knattern Fahnen. Oder es handelt sich um Schaufelraddampfer, golden lackiert. Vielleicht auch um schwimmende Hochhäuser, aus Eisen, mit riesigen Schornsteinen. Oder es sind Galeeren mit hundert Rudern im gleichen, perfekten Takt. Alles ist möglich.

Wilhelm sagt, das sei das Schönste daran, in den Mauern zu leben, dass wir uns die Außenwelt vorstellen können, wie wir wollen, eine größere Freiheit gebe es nicht. Den Ozean stellt Wilhelm sich hell vor, an Sonnentagen türkis, an trüben Tagen grau. Ich glaube, der Ozean ist dunkel, sehr dunkel, wie der Weltraum.

»Du bist auch dunkel«, sagt Wilhelm, »viel zu dunkel, vor allem da drin«, er wälzt uns herum, sodass er auf mir liegt, und tippt mir an die Stirn.

Er kommt mir viel zu leicht vor, wie immer. Aber er ist warm, und um seine Augen strahlen Linien in alle Richtungen. Am Ende des Sommers werden sie hell schimmern, aber nur von Nahem und nur, wenn er nicht lächelt. Jetzt gerade sieht er besorgt aus.

Wahrscheinlich habe ich wieder den bösen Blick gehabt. Den sollen wir vermeiden, in unseren Gesichtern soll sich das Edle, das Hilfreiche und das Gute zeigen, so steht es in den Schriften. Trotzdem passiert mir dieser Blick manchmal, wenn ich nachdenke. Seit der Nacht schon glaube ich, einen Ton zu hören, leise zwar, aber gleichmäßig. Eine hohe Frequenz, die unter der Schädeldecke ziept. Es könnte das Signal sein. Erst kommt das Signal, dann kommen die Schiffe. Es könnte aber auch sein, dass der Ton nur in meinem Kopf existiert.

Ich versuche, an Wilhelms Blick zu erkennen, ob er es auch hört. Seine Iris schimmert hellgrau, ein dünner Ring, die Pupillen sind weit und dunkel, was seltsam ist, denn es ist hell, vielleicht konzentriert er sich und lauscht ebenfalls, schwer zu sagen. Bevor ich es erraten kann, küsst er mich.

Als er die Augen wieder öffnet und meinen Blick bemerkt, schüttelt er den Kopf. Und dann kitzelt er mich, bis ich lache, das dauert nicht lange, es dauert nie lange, Bauch, Achseln, Nacken, ich lache, und er ist zufrieden und legt sich wieder neben mich. »Ist doch gut hier«, sagt er, und ich gebe zu, es ist gut.

Wir liegen im Griechischen Hof auf einem Lager aus Büffelfellen und Laken. Wilhelm ist gestern aufs Dach geklettert und hat die Glasdecke geputzt, sodass die Sonne hereinfällt. Obwohl es recht früh am Morgen sein muss, wärmt sie genug, um nackt herumzuliegen. Vor zwei Wochen noch lag Schnee, eine geschlossene Decke, und auf dem Fluss schwammen Eisschollen, wir haben Wolken ausgeatmet und uns nie vollständig aus unseren Thermoanzügen geschält, wenn wir miteinander geschlafen haben nicht, und auch nicht zum Waschen.

Die Luft auf der Haut ist neu und angenehm. Jetzt kann es nicht mehr lange dauern. Der Ton kommt mir mittlerweile auch lauter vor.

Ich halte den Atem an und warte darauf, dass Wilhelm fragt, was mit mir los ist. »Was ist denn nun schon wieder?«, wird er fragen, und ich werde

»Ohrgeräusche« sagen, und dann wird er lachen, mich an sich ziehen, und wir werden miteinander schlafen, bis das Geräusch aufhört. Aber er fragt nicht, er lauscht auch. Er atmet flach und sieht mich an. Wenn sich seine Iris zusammenzieht, erscheinen bernsteingoldene Flecken darauf.

Erst als der Ton zu laut ist, um ihn zu ignorieren, sagt Wilhelm etwas: »Komm, Lola, das wird dein Sommer!« Er steht auf und wirft mir meine Sachen zu. »Komm! Frühstück! Wir suchen das Paket!«

Es liegt zwischen den Büschen am Kupfergraben und blinkt nur noch schwach, fast hätten wir es übersehen. Vielleicht ist es defekt oder es ist später, als wir dachten, und die Batterie ist leer. In beiden Fällen könnte es sein, dass es sich nicht öffnen lässt. Bei dem Gedanken werde ich unruhig. Ich habe Hunger. Wilhelm fischt das Paket aus dem Gestrüpp und legt es mir in die Hände. Ich puste den Dreck von der Oberfläche und lege meinen Daumen auf das Blinklicht. Es dauert ein bisschen, aber dann klackt der Mechanismus auf. Glück gehabt. Großes Glück sogar, wie wir feststellen, denn zusätzlich zum Knäckebrot und zu den Rosinen finden wir heute Kekse vor, und es gibt Auberginencreme, Hummus und Apfelmus. Nicht schlecht, denke ich.

»Nicht schlecht«, sagt Wilhelm, »das muss am

Saisonauftakt liegen. Die wollen uns gnädig stimmen.«

Er stopft die Beutel wieder ins Paket und sieht mich an. Jetzt, da uns die Kekse sicher sind, habe ich es nicht mehr eilig. Bis die anderen hier sind, wird es noch dauern. Beim Signal sollen wir uns unverzüglich auf der Kerninsel zusammenfinden, aber Friedrich muss alle fünf Pferde aus Tempelhof mitbringen, das wird ihn bremsen, und Else und Alexander kommen zu Fuß aus Charlottenburg. Wir haben noch genug Zeit.

»Oben entlang!«, befehle ich, und wir gehen oben entlang.

Der Fluss fließt schnell und klar, im Gestrüpp sind schon einzelne Knospen zu entdecken, und weil die Sonne so schön scheint, und das nur für uns, weil das Eis geschmolzen ist und das Wasser glitzert, werde ich übermütig, ziehe Schuhe und Anzug aus und balanciere nackt auf der Brüstung entlang. Wilhelm lacht und stellt sogar kurz das Paket ab, um mir zu applaudieren.

Als wir zu unserem Schlaflager im Griechischen Hof zurückkommen, ist mir dann doch kalt, und mitten im Raum steht Friedrich. Einfach so, steht da, viel zu früh, und stochert mit dem Fuß in unserem Bettzeug herum: »Das müsst ihr wegräumen, bevor die Übersetzer kommen!«

Als wüssten wir das nicht.

»Ist ja noch Zeit«, sagt Wilhelm, »komm, setz dich und iss mit uns.«

Friedrich würdigt ihn keines Blickes. Stattdessen mustert er mich von oben bis unten, er bleibt an meinen Knien hängen, wahrscheinlich sind sie dreckig, ich zwinge mich, nicht hinzusehen, dann fixiert er meine Augen, streng. »Sagt mal, seid ihr taub? Habt ihr das Signal nicht gehört?«

Ich halte seinem Blick stand und überlege, ob ich mich bedecken sollte, mit einem Laken vielleicht. Wäre Friedrich nicht da, würde ich mich in ein Büffelfell wickeln oder gleich den Thermoanzug anziehen, so kalt ist mir, aber wenn ich das mache, wird Friedrich es auf sich beziehen, wie immer. Ich entscheide mich also dagegen. Stattdessen setze ich ein Grinsen auf, drücke den Rücken durch und sage: »Doch, ich habe es gehört. Aber ich konnte nichts machen. Wilhelm hatte Wachs in den Ohren, und mich hatte er gefesselt.«

»Witzig.« Obwohl Friedrich seine Mundwinkel nach unten zieht, kann ich sehen, dass er es tatsächlich ein bisschen komisch findet. Er muss wegsehen, um nicht zu lachen. Das reicht, mich zu versöhnen.

»Es gibt Kekse«, sage ich, »und Apfelmus.«

Friedrich nickt, er kommt auf mich zu, streicht

mir eine Strähne aus der Stirn, ich halte ihn nicht davon ab, und dann nimmt er ein Laken aus dem Haufen und wickelt mich darin ein wie in eine Toga. Sein Atem riecht bitter. Als ich noch klein war, hat er mich mit unter seinen Mantel genommen, wenn mir kalt war.

»Jetzt siehst du aus wie die da oben!«

Wilhelm hat das Essen für uns drei ausgebreitet und sich schon etwas in den Mund geschoben, er kaut beim Sprechen, schluckt, grinst und zeigt auf den Fries, der hoch über uns um die Wand läuft. An der Ostseite fehlen fünf Meter.

»Friedrich, erzählst du uns die Geschichte?«

Ich setze mich neben Wilhelm, sodass wir gemeinsam zu Friedrich aufschauen können. Ich ziehe die Knie an, nehme mir einen Keks und sage: »Ja, bitte, Friedrich!«

Als wir noch Kinder waren, hat er uns oft Geschichten erzählt. Von den sieben Raben, vom Kalten Krieg und den Eisheiligen und von Albrecht dem Bären. Fast alles, was ich weiß, weiß ich von ihm.

Friedrich schaut auf uns herab, auch er erinnert sich. »Wir müssen mit den Vorbereitungen anfangen«, sagt er. Aber er lächelt.

»Erzähl!«, rufen wir.

Friedrich lacht, setzt sich, isst langsam einen

Keks, Bissen für Bissen, wir hängen an seinen Lippen, und dann fängt er an. Bei den Reimen murmeln wir mit.

Die Alten, sie sangen von der Stadt am Vulkan,
von Brand und von Asche, vom Tod.
Ich will euch reden vom Abendland, von Fluten
und Wellen und Not.
Ich will euch reden vom Untergang und von der
Rettung, der Festung, den Werten.
Von den Mauern und Säulen, die trotzen den
Wassern, und von den heiligen, ewigen Gärten.

»Erzähl!«, rufen wir.

Seht ihr, wie berstend geöffnet der Schlund die
Wasser herauslässt, die wilden?
Sie strömen und tosen, und wo sie sich brechen,
da malmt es, da ist kein Entrinnen.
Die Menschen, kopfüber, verzweifelt getrieben,
sie streben nach sanften Gefilden,
doch stürzen die Pfeiler, es bersten die Straßen,
es kehrt sich nach außen das Innen.
Der Mann schirmt sein Weib ab, der Sohn zieht
den Vater, vergebens, ihr wisst es, vergebens.
Es rettet kein Opfer, es rettet kein Wille die
zitternde Flamme des Lebens.

»Nein«, sagen wir.

Doch fragt ihr nach Trost mich, fragt ihr mich
nach Leben?

»Ja«, sagen wir.

So seht dort die fünf, denen Rettung gewährt
und Schutz in der Festung gegeben.

»Ich sehe aber sechs«, sage ich. Das sage ich immer an dieser Stelle. »Sechs Menschen, zwei Rinder. Und die sind noch nicht mal richtige Büffel.«

Und Friedrich sagt dann: »Im Lied sind es fünf, weil es immer fünf sind. Die Ewigen. Und es sind Rinder, weil die in der abendländischen Bildtradition geläufiger sind. Europa. Stier. Symbolik. Unterbrich mich nicht!«

Wir nicken uns zu und lächeln uns an, wie immer, weil die Unterbrechung dazugehört und weil er die Strenge nur spielt. Friedrich holt Luft, gleich kommt die letzte Strophe, wie immer, aber da fällt Wilhelm ihm ins Wort. Das ist neu.

Wilhelm sagt: »Ah! Wisst ihr was? Wahrscheinlich ist einer schon doppelt! Es sind ja zwei Kinder dabei, und der ganz vorne ist schon ziemlich alt, bald entschwindet der bestimmt.«

Ich verschlucke mich und muss husten.

Friedrich sieht Wilhelm an, dann den Fries, dann wieder Wilhelm. Er klopft mir auf den Rücken. Dann sagt er: »Ja. So wird es sein.« Ganz ruhig. Und bevor er die letzte Strophe beginnen kann, fliegt die Tür auf, Else und Alexander sind da, außer Atem, Arm in Arm, rote Wangen und ein Strahlen im Gesicht.

»Loli, Lola, die Schiffe sind bald da«, rufen sie. »Was sitzt du da rum, das wird dein Sommer!«

VII

Die Pferde sind aufgeregt. Den ganzen Winter haben wir sie kaum geritten, und nun schütteln sie sich unterm Zaumzeug und bäumen sich auf, alle paar Meter, als wollten sie uns abwerfen.

Doch wir kennen sie besser. Wir kraulen ihnen die Köpfe und murmeln ihnen ins Ohr: »Ist gut, ist gut, ich hab dich auch vermisst, komm, mein Liebling, zeig mir, wie stark du bist.« Denn darum geht es, die Pferde wollen uns ihre Kraft zeigen, sie wollen uns zeigen, dass sie auch ohne uns könnten, wenn sie wollten. Wir wissen das. Aber wir sind die mit den Zuckerrüben und den sanften Worten, sie wollen nicht ohne uns, und auch das wissen wir.

Wo die Straßen gepflastert sind, hallen die Hufschläge von den Hauswänden wider. Gäbe es Menschen in diesen Häusern, sie würden uns hören, schon lange bevor wir in Sicht wären. Sie würden die Fenster öffnen, um zu sehen, wer da solchen Lärm macht, sie würden ihre Hälse aus den Fenstern recken, sie würden die Augen aufreißen, und dann würden wir um die Ecke kommen, am Ende der Straße würden wir auftauchen, klein zuerst, dann immer größer, dann könnten sie unsere Gesichter erkennen, und sie würden uns winken: Guten Tag, guten Weg!

Hinter dem Rosenthaler Platz verliert sich das Straßenpflaster, ab hier führt ein Feldweg den Berg hinauf, der die Hufschläge dämpft. Else reitet neben mir. Goldene Wellen, bei jedem Wippen des Pferdes wippen sie mit. Ihre Lippen sind geöffnet, darunter schimmern die Zähne, so sieht sie auch auf den Gemälden aus, vielleicht hat sie das geübt.

»Schön bist du!«, rufe ich ihr zu.

»Ach, Lola«, sagt Else, ich höre es nicht, ich lese es von ihren Lippen.

Else zählt neununddreißig Sommer. Bei meiner Ankunft war sie siebzehn. In der ersten Erinnerung, die ich von ihr habe, trägt sie einen Kranz im Haar, Rosen, Gerste und Kamille und noch etwas Blaues, sie duftet und lächelt zu mir herab. Ich erinnere mich nur an diesen Duft, Blumen, Kräuter und Schweiß, und an das Bild, Pflanzen, Augen, Lippen. Wo oder wann das war, was davor war und was danach, weiß ich nicht mehr. Aber ich weiß, dass ich sie schon damals geliebt habe.

Meine Liebe zu Else ist das erste Gefühl, an das ich mich erinnern kann. Meine Else, groß, schön und golden. Als ich klein war, war ich ihr Häschen, sie hat mir die Haare gekämmt und geflochten und das Häschenlied für mich gesungen. *Stock und Hut stehn ihm gut, ist gar frohgemut. Aber Else weinet sehr, hat ja nun kein Häschen mehr, da besinnt sich das Kind, läuft nach Haus geschwind.*

Jetzt bin ich nicht mehr das Häschen. Jetzt bin ich die Ach-Lola. Jetzt zieht sie die Augenbrauen zusammen und fragt mich, wie es mir geht, das *geht* dehnt sie, als kenne sie die Antwort schon. »Auch mit Willy und Fritz«, sagt sie.

Niemand nennt Friedrich Fritz, außer Else.

»Sag mir, wenn ich mit ihnen reden soll.«

Elses Brauen sind wieder zu ihrer Ausgangsposition zurückgekehrt. Sie sind an beiden Enden gleich schmal, und sie haben einen perfekten, runden Schwung, wie gemalt. Außerdem sitzen sie weit oben, sodass Else immer erstaunt aussieht, auch wenn gar nichts Besonderes ist.

»Ich meine, wenn es dir zu viel wird, wenn sie sich zu sehr streiten deinetwegen, und du stehst in der Mitte«, sagt sie.

Die Fremden sind verrückt nach Elses hohem Augenbrauenschwung. Es gibt Lieder darüber. *Dein Blick, goldener Engel, ist eine Frage. Ach, wüsst die Antwort ich, ach, ich wär erlöst.*

»Ich komm schon zurecht«, sage ich.

»Ach, Lola«, sagt Else und seufzt. Seit sie die Monogamie für sich entdeckt hat, seufzt sie viel und sorgt sich um meine emotionale Stabilität.

Früher haben wir gemeinsam über Alexander gelacht. Sie weiß das noch. Und sie weiß auch, dass ich weiß, wie sein Gesicht beim Orgasmus aussieht. Und sie weiß, dass ich weiß, wie sie diesen Anblick findet. Diese aufgerissenen, nach oben gedrehten Augen, in denen fast keine Iris mehr zu sehen ist. Das alles weiß sie, aber sie ist jetzt monogam, und monogam bedeutet *loyal.* »Loyalität, Lola, ist eine Entscheidung.« Das hat sie nicht jetzt gesagt. Jetzt schaut sie nur.

Ich sage auch nichts. Ich sage ihr nicht, dass sie es sich leicht macht mit ihrer Wahl. Ich sage ihr nicht, dass ich eine solche Wahl nicht mehr treffen kann, wo sie das schon getan hat. Ich sage ihr nicht, dass sie mir mal erklären soll, was mit dem einen passieren soll, im Winter, wenn ich mich für den anderen entscheide. Oder für gar keinen. Wir sind fünf. Das ist eine ungerade Zahl. Und aus Friedrich und Wilhelm wird niemals ein Paar, das weiß sie so gut wie ich.

Ich zwinge mich zu einem milden Gesichtsausdruck. Ich zwinge mich, sie nicht zu überholen, noch nicht, eine Weile reiten wir stumm nebeneinander her, sie soll nicht denken, ich wolle mich von ihr abwenden. Im Kopf zähle ich bis dreihundert.

Dann erst treibe ich mein Pferd an. »Komm, mein Liebling, zeig mir, was du kannst«, es schnaubt, darauf hat es gewartet, ich nicke Else zu, sie nickt ebenfalls, und dann lasse ich sie hinter mir. Nur ein bisschen Abstand.

Die anderen bleiben zurück, niemand drängt sich neben mich. Der Vorsprung ist mein Vorrecht. Das ist mein Sommer.

Bei der Luftgrenze an der Bernauer Straße halten wir kurz an. Wir sagen das Gedicht für den Springer:

Springer, spring,
wirf fort deine Waffe,
spring, Springer,
das Gewehr wirf fort,
Springer, spring,
Springer, spring, spring!

Wir berühren dreimal unsere Stirnen und Münder, dann reiten wir weiter, ich voraus, die anderen in meinem Rücken, und nun beginnen sie ihren Gesang: »La-la-la-la Lola, la-la-la-la Lo-la …« Ich höre Friedrichs Bass, Elses Messingstimme, Alexanders leises Brummen und Wilhelms kräftigen

Ton, der immer ein bisschen danebenliegt, mit Absicht, wie ich glaube, und zwar für mich.

Ihre Stimmen tragen mich, das Pferd passt sich dem Takt an, der Gesang wird lauter und lauter, und dann bricht er ab, und wir sind da.

VIII

Hier ganz im Norden ist es so, dass du die Mauer erst begreifst, wenn du direkt vor ihr stehst und sie berührst. Im Süden, auf der Freiheit zum Beispiel, ist es anders, dort wirft die Mauer einen solchen Schatten, dass du dir ihrer Präsenz die ganze Zeit bewusst bist. Hier aber reflektiert sie das Sonnenlicht und verblendet sich nach oben hin nahtlos mit dem Himmel. Dass sie menschengemacht ist, verstehst du deshalb erst, wenn du sie anfasst. Die Oberfläche ist glatt und hart, sie leitet Temperaturen kaum, und deine Finger erzeugen kein Geräusch, wenn du sie darübergleiten lässt, deine Handfläche, die du dagegenschlägst, nur ein kurzes Klatschen ohne Echo.

Noch ist Zeit.

Wir lassen die Pferde zwischen den Bäumen im Humboldthain und gehen die letzten Schritte zum Bunker zu Fuß.

Die Schriften sehen eigentlich vor, Artefakte ersten Ranges, wenn sie nicht gerade rituell genutzt werden, ausschließlich auf der Kerninsel aufzubewahren. Aber im Winter merkt niemand, ob wir uns an die Schriften halten. Und im Grunde geht es ja auch nicht darum, die Schriften dem Wortlaut nach zu befolgen. Es geht immer um den Sinn. Wir sind die Ewigen, wir tragen den Sinn der Schriften in uns. Und der Sinn dieses Gebotes ist, die wichtigsten Stücke gut überwintern und nicht zu Schaden kommen zu lassen. Und je weniger Transportwege, desto weniger Risiko. Der Goldhut ist empfindlich. Selbst die Alten haben ihre Kunstschätze zeitweise in Bunkern gelagert.

Natürlich ist dieser Bunker kein Bunker mehr. Der Bau heißt nur noch so. Die Alten hatten ihn als Festung mit vier Türmen gebaut, jeder mit einem Geschütz bestückt. Schon damals gab es Pläne, ihn so umzugestalten, wie er heute dasteht. Eines Tages. Im großen Frieden.

Das Gebäude misst vierzig Meter in der Höhe und siebzig mal siebzig Meter in der Grundfläche. Im Archiv ist zu sehen, wie zwischenzeitlich etwa die Hälfte der Höhe eingegraben und überwuchert war und die Hälfte der Grundfläche gesprengt. Davon ist nichts mehr zu erkennen. Die Fassade ist vollständig verkleidet und ahmt die Gestaltung der babylonischen Architektur der benachbarten Schleuse nach. Wobei *nachahmen* nicht das richtige

Wort ist. *Übertreffen ohne zuzutreffen* vielleicht. Aber das ist nur Wilhelms Witz über Bauten wie diese.

Beeindruckender als die Außenfassade finde ich das Innere. Die Wände sind über zwei Meter dick und schirmen jedes Geräusch ab. Dies ist das einzige Gebäude in der Stadt, in dem du das Brummen der Pumpen nicht hörst.

Selbst in den Kellern unter Tempelhof ist es da, beständig und eintönig. Hier aber: nur das Hallen unserer Stimmen und Schritte.

Alexander geht voraus. Er trägt eine Fackel.

Zu Beginn jeder Saison müssen wir den Strom erst wieder anschalten. Das Steuerungszentrum befindet sich unten im Nordwestturm. Ein kurzer Gang, an den Wänden sind noch Einschusslöcher erhalten, von den großen Kämpfen der Alten, je größer der Krieg, desto größer der Frieden. Dann eine metallene Tür, wir brauchen keinen Schlüssel, dahinter ein Raum, ja, man kann noch Raum sagen, nicht sehr lang, nicht sehr breit, nicht sehr hoch, es ist keine Halle, trotzdem Tischreihen und Tischreihen voller Schalter, unzählige Knöpfe und Hebel, alle sind beschriftet, aber wichtig ist nur einer, zumindest in diesem Augenblick und für uns. Ein großer Hebel, der sich nach oben und unten schieben lässt. Unten steht *Winter* graviert, oben *Som-*

mer. Alexander gibt seine Fackel an Else ab, sie leuchtet ihm, er umfasst den Hebel mit beiden Händen, es braucht etwas Kraft, dann rastet er ein, und das Licht geht an, mit einem Flackern.

Alexander dreht sich zu uns um und strahlt, Else blickt ihn an, sie wirken ständig wie gemalt, auch jetzt, mit der Fackel und allem. Glühendes Gold. Sie könnte die Fackel auch löschen, der Strom ist ja nun an, aber wahrscheinlich weiß sie, wie sie aussieht, und will sich das nicht nehmen lassen. Dieses verzückte Aufschauen zu Alexander, eine Hand hält das Licht, die andere seinen Rücken. Gleich wird er etwas sagen. Natürlich wird er etwas sagen. Eine kleine Ansprache. Der letzte Sommer war sein Sommer, er wird nicht darauf verzichten wollen, die Verantwortung an mich zu übergeben. Als gehörte sie ihm noch. Schon öffnet er den Mund, er holt Luft, ich will seine Stimme nicht hören.

Natürlich bin ich ungerecht zu Alexander. Er ist nur er selbst, er muss er selbst sein, wir alle müssen das.

Ich will seine Stimme nicht hören.

Ich werfe Wilhelm meinen Blick zu, er nickt, ich sage: »Vielen Dank, Alexander.«

Wilhelm tritt vor, nimmt Else die Fackel ab, drückt sie mir in die Hand und ruft: »Dein Sommer, Lola! Wir folgen dir.« Und ich gehe voran, den Flur entlang und dann die Treppe hinauf zur Schatzkammer.

Der Goldhut ist älter als die Alten, schon sie wussten nicht mehr genau, wie er zu lesen ist. Vielleicht ist das das Schönste an ihm. Else hilft mir, ihn aus der Filzhülle zu wickeln, vorsichtig, vorsichtig, der Hut ist schmal, spitz und hoch, etwa so lang wie mein ausgestreckter Arm samt Hand, das Blech dabei nicht dicker als ein Haar, golden, fast pures Gold, in den Verzierungen glaubten die Alten einen Kalender zu erkennen. Mondzyklen. Sommer, Winter. Sommer.

Beim Anblick des Hutes breitet sich wie immer Stille unter uns aus. Stille und Liebe.

Natürlich liebe ich sie alle.

Else und ich helfen uns gegenseitig in Tunika und Mantel, ich liebe auch ihren Geruch und ihr Haar und alles, und während sie mir den Hut aufsetzt, vorsichtig, vorsichtig, leuchten ihre Augen. *Ach.*

Und als ich mich zu den anderen umdrehe, Friedrich, Wilhelm, Alexander, da leuchten auch ihre Augen. Auf mich gerichtet leuchten sie, Gold, Silber, Diamanten, Wasser.

Und wie sie dastehen in ihren golddurchwirkten Tuniken, die Haare gekämmt, die Gesichter sauber und klar, und wie sie mich ansehen in ihrer Schönheit und wie sie mich spiegeln, da weiß ich:

Dass auch sie mich lieben.
Sie können nicht anders.
Wir können nicht anders.
Wie könnten wir.
Wir sind die Einzigen hier.
Wir sind die Ewigen.

IX

Die Schleuse am Gesundbrunnen ist der einzige Zugang zur Stadt.

Die Schleuse hat drei Tore. Vielleicht sind es auch nur zwei, das äußere Tor kennen wir nicht, vielleicht ist da also gar kein Tor, vielleicht ist es eher eine Luke oder so etwas, oder es gibt gar keine Öffnung, und die Fremden kommen mit Leitern über die äußere Mauer. Holzleitern kann ich mir vorstellen, Strickleitern, Steintreppen, Eisenstufen. Das Gemäuer des inneren und mittleren Tores besteht aus Lehmziegeln, an der Fassade glasiert.

Die Ziegel haben die Alten übers Wasser in die Stadt gebracht. Hunderte Kisten mit Hunderttausenden Bruchstücken. Babylon – Basra – Suez – Hamburg – Kupfergraben. Das müssen etwa viertausendfünfhundert Seemeilen gewesen sein, es gab keinen direkten Weg, es gab Landmassen, die man umschiffen musste. *Kontinente.* In der Bibliothek gibt es Atlanten.

Die Glasur der Ziegel leuchtet blau, dunkler und

strahlender als der Sommerhimmel. Dieses Blau ist die schönste Farbe, die ich mir vorstellen kann. In Babylon war Blau die Farbe des Nordens, auch dort stand das Tor im Norden der Stadt.

Das Blau ist natürlich nicht original. Die Originalziegel erkennt man an der verblichenen Glasur, sie sind grünlich. Dieses Grün ist die schönste Farbe, die ich mir vorstellen kann. Natürlich ist auch das Grün nicht mehr original.

Die Farbe des Ozeans ist die schönste Farbe, die ich mir vorstellen kann.

Ich kann mir die Farbe des Ozeans nicht vorstellen.

Ich kann den Ozean rauschen hören. Der Ozean liegt hinter dem äußeren Tor.

Für das Öffnen des inneren Tores gibt es kein Zeremoniell. Wir öffnen es einfach. Der Schlüssel ist aus Messing und so lang wie mein Unterarm. Im Vergleich zum Schloss scheint er absurd klein, jedes Jahr aufs Neue bin ich erstaunt, dass er einrastet. Ich drehe ihn, einmal, zweimal, dreimal. Dann trete ich zurück, damit die anderen die Flügel der Pforte aufschieben können, mit vereinter Kraft.

Schweres Holz, Eiche, an der Maserung könntest du die Jahre abzählen, Jahrzehnte, Jahrhunderte. Natürlich ist dieses Holz nicht original. In Babylon wuchsen keine Eichen.

Alexander und Else stemmen sich gegen den linken Flügel, Friedrich und Wilhelm gegen den rechten. Sie atmen heftig, rote Wangen, Schweißperlen. Ich in der Mitte, aufrecht, rühre mich nicht, der Hut wiegt ein halbes Kilo und muss balanciert werden, die Filzpolsterung bräuchte eine Erneuerung, ihn zu tragen ist Aufgabe genug.

Hinter dem geöffneten Tor die Prozessionsstraße. Noch sind wir allein.

Ich betrete die Straße als Erste. Links und rechts neben mir die Löwen. Sie blicken stadtauswärts, den Fremden entgegen. Auch wir blicken stadtauswärts. Wir gehen dem Signal entgegen, mit jedem Schritt wird der Ton lauter, ich vorn, hinter mir, Hand in Hand, die anderen, ich weiß, wie sie aussehen, ohne mich umzudrehen. Ich gebe das Tempo vor. Langsam schreiten wir voran, etwas langsamer sogar, als es der Feierlichkeit wegen angemessen wäre. Ich will unsere Zeit zu fünft ausdehnen.

Solange ich ein Kind war, haben wir die Winter gemeinsam verbracht, wir haben die Kerninsel kaum verlassen in dieser Zeit, im Lustgarten brannte beständig unser Feuer, es war immer jemand neben mir.

Alexander, der mir Eisangeln beibrachte: Niemals schon vorhandene Löcher in der Eisdecke benutzen, denn hier besteht Bruchgefahr. Auf die Dicke und auf die Schwingungen achten. Im Zweifel lieber auf den Bauch legen. Nicht auf die Oberfläche schlagen oder hüpfen. Immer den Bohrer benutzen. Alexander bekam rote Wangen beim Erklären. Er kippte jedes Mal etwas von Friedrichs Selbstgebranntem ins Eisloch und behauptete, so friere es nicht so schnell zu. Manchmal durfte ich einen Schluck probieren, gegen die Kälte. Wir fingen Barben und Zander und trugen sie stolz zu den anderen, schon von Weitem winkten wir und riefen: »Seht! Was für ein Fang! Das wird ein Festmahl!«

Friedrich, der uns jedes Mal tadelte. Viel zu gefährlich. Was, wenn das Kind eingebrochen wäre! Lola kann noch nicht schwimmen, und der Fluss ist tückisch! Sie hätte unters Eis rutschen können! Das Zittern in seiner Stimme. Und dann fasste er sich, jedes Mal, schuppte die Fische, nahm sie aus, briet sie und erzählte uns die Geschichte, wie der Bär seinen Schwanz verlor: Beim Eisangeln eingefroren und abgerissen, der Fuchs, dieser Schlingel, hatte ihn reingelegt. Friedrichs tiefes Lachen.

Wilhelm, der mir Kartentricks zeigte. Seine Finger beim Mischen, das Geräusch der einzelnen Karten, wenn er den Stapel auf die Tischplatte setzte. Nicht dahin gucken, wo der Trick stattfindet. Wenn du nur die Kuppe des kleinen Fingers zwischen die

Karten drückst, entsteht eine Lücke, die von vorn niemand sieht, so kannst du dir merken, wo die entscheidende Karte liegt. Und du musst alle Bewegungen mit gleicher Sorgfalt ausführen, auch die, hinter denen keine Schummelei steckt, sonst fällt es auf. Wilhelms Lachen über meine konzentrierten Versuche, sein Applaus, wenn mir das Kunststück endlich gelang.

Und Else, die mich auf dem Rücken trug, wenn ich müde war, auch noch, als die anderen sagten, ich sei schon zu groß dafür. Der Geruch ihrer Mütze, ihres Haares. Ihr Gesang.

Wer in die Stadt hineinwill, muss sich den Löwen stellen, sie leuchten goldgelb auf dem Blau. In Babylon waren sie die Tiere der Ischtar, Göttin aller Göttinnen, Herrin aller Häuser, Führerin des Menschengeschlechts, Morgen- und Abendstern, ihr Herz ein rasender Löwe, ihr Gemüt ein wilder Bulle, berufen zum Krieg und zur Lust.

Die Übersetzer geben Signale mit dem Horn. Lang gezogene Töne. Eine Frequenz, die schön ist und nicht auszuhalten, wie Rufe eines jungen Säugetiers, das seine *Mutter* sucht. Mit jedem Schritt wird der Klang lauter.

Als Kind dachte ich, die Übersetzer heißen so, weil sie als Erstes zu uns übersetzen. In Booten. Im Grunde stelle ich es mir immer noch so vor.

Ich stelle mir ein kleines Boot vor, ein geteertes aus Holzplanken. Ich stelle mir vor, wie sie damit einzeln vom Schiff zur Schleuse rudern. Ich stelle mir ein Motorboot vor, das über den Wellen jeweils kurz abhebt, alle fünf Übersetzer darin. Ich stelle mir einen Kahn vor mit einem Fährmann. Ich stelle mir vor, dass er einen schwarzen Hut trägt und ein Stakholz in der Hand hält.

Ich stelle mir vor, wie die Übersetzer aussehen. Ich stelle mir Kutten vor, braun, mit spitzen Kapuzen. Ich stelle mir Brokatmäntel vor, rot, blau, golden. Ich stelle mir Nackte vor. Ich stelle mir Gesichter vor. Ich frage mich, ob die Gesichter unseren gleichen oder denen der Fremden.

Die Pforte des mittleren Tores ist vergoldet. Für sie haben wir keinen Schlüssel. Den Schlüssel haben die Übersetzer. Trotzdem dürfen sie nicht eintreten, bevor ich es erlaube. Sie müssen mit dem Signal rufen, bis wir antworten.

Wenn du am mittleren Tor angekommen bist, ist der Klang des Signals kaum zu ertragen. Auch menschliche Säuglinge klingen manchmal so, sagen sie, Katzen und Geigen.

Natürlich habe ich noch keinen menschlichen Säugling gehört.

Wir dürfen unsere Ohren nicht verschließen vor dieser Klage. Wir müssen sie einlassen.

Wir stellen uns auf, ich in der Mitte, meine linke Hand fasst Else, meine rechte Friedrich, Else fasst Alexander, Friedrich fasst Wilhelm, ich beginne den Ruf:

Die Stadt ist heilig und was darinnen ist,
die Mauern und die darin wohnen.
Denn sie ist über den Meeren gegründet
und über den Wassern bereitet.

Die zweite Strophe singen die anderen im Chor:

Wer darf auf den heiligen Berg gehen,
und wer darf stehen an seiner heiligen Stätte?

Die Antwort wieder singe ich:

Wer unschuldige Hände hat und reinen
Herzens ist,
wer nicht bedacht ist auf Lüge und nicht
schwört zum Trug.

Und den letzten Gesang singen wir alle gemeinsam:

Machet die Tore weit und die Türen
in der Welt hoch.

Machet die Tore weit und die Türen
in der Welt hoch.
Machet die Tore weit und die Türen
in der Welt hoch.

Dann verstummt das Signal, wie ein plötzlich nachlassender Schmerz, unsere Muskeln entspannen sich, wir treten zurück und warten darauf, dass sich die Pforte öffnet.

X

Als Erstes tritt immer eine einzelne Dienstfertige durch die Pforte. Sie trägt ein schwarzes Dienstfertigengewand, eine weiße Dienstfertigenkappe und weiße Seidenhandschuhe, den Blick hält sie gesenkt, in den Händen trägt sie ein silbernes Tablett, vollkommen waagerecht, auch als sie vor uns niederkniet und es uns entgegenstreckt. Sie spricht nicht. Wir sprechen nicht. Wir nehmen die Ohrstücke vom Tablett und setzen sie ein. Die Dienstfertige tritt zur Seite und macht Platz für die Übersetzer.

Es ist nicht so, dass die Übersetzer vollkommen unsichtbar sind. Sie sind verschwommene Stellen. Ein Flirren wie von warmer Luft, eine Bewegung außerhalb des eigenen Fokus, sobald ich hinsehe, ist es schon wieder vorbei, und ich kann nicht sicher sein, dass da wirklich etwas war. Was bleibt, ist ein rieselndes Gefühl innen an der Schädeldecke. Dazu kommen die Geräusche. Es sind menschliche Geräusche, die Übersetzer müssen also Menschen sein, oder nicht? Schritte, Rascheln, leises Schmatzen, wahrscheinlich wenn sie ihre Münder öffnen. Sie müssen also Münder haben, oder nicht? Ihre Stimmen sind tief und voll. Sie sprechen leise, du hörst jeweils nur den eigenen Übersetzer über dein Ohrstück. Wenn du nah an den Übersetzern stehst, kannst du sie auch über die Luft hören. Männerstimmen. Ich glaube, kleine Unterschiede zwischen ihnen zu hören, aber vielleicht irre ich mich.

Wir können erkennen, wo die Übersetzer stehen, weil dort eine Lücke bleibt. Um sie herum gruppieren sich die Dienstfertigen, sie bewegen sich schnell und beinah lautlos, mit gebeugten Rücken, mit gesenkten Köpfen unter ihren weißen Kappen, nie sprechen sie, mit uns nicht und auch nicht miteinander. Vielleicht haben sie keine Sprache. Von den Fremden unterscheiden sie sich nur in Kleidung und Frisur. Es handelt sich um Menschen. Männer und Frauen.

Wir fassen uns an den Händen, ich in der Mitte, meine linke fasst Else, meine rechte Friedrich, Else fasst Alexander, Friedrich fasst Wilhelm, so treten wir vor die Lücke.

Es ist keine Lücke. Friedrich hat mir die Technik erklärt. Er hat mir erklärt, dass die Unsichtbarkeit von den Metaanzügen kommt. Die Oberflächenstruktur leitet das Licht um. Nur das Visier ist erkennbar, und auch nur dann, wenn es unbewegt ist und wenn du es frontal ansiehst. Dann spiegelst du dich darin. Das ist nur Physik. Nichts, wovor du Angst haben musst.

Sie sind mir trotzdem unheimlich.

Friedrich weiß auch nur, was ihm erzählt wird und was er sich denkt. Auch er hat nie hinter ein Visier gesehen. Vielleicht haben die Übersetzer gar keine Gesichter. Vielleicht sind es Maschinen. Ich kann mir das nicht vorstellen. Ich kann mir alles vorstellen.

Wir lassen einander los, Alexander sieht Alexander, Else sieht Else, ich sehe Lola, Friedrich sieht Friedrich, Wilhelm sieht Wilhelm, die Choreografie ist so alt wie die Mauern, und die Übersetzer beginnen ihren Dienst.

Zuerst vibriert mein Ohrstück, ganz sanft, ein Kitzeln, dann höre ich die Stimme, leise, ein Flüstern: *Sei gegrüßt, heilige Lola.*

Mein Übersetzer heißt Martin. Mein Übersetzer nennt sich Martin. Ich nenne meinen Übersetzer Martin.

Ich müsste Martin berühren, um zu fühlen, was er ist. Mir wäre das nicht verboten. Das nützt aber nichts, denn andersherum ist es verboten, andersherum ist fast alles verboten, niemand darf uns zu nahe kommen, und sie weichen aus. Ich strecke meine Hand nicht aus. Ich trete nicht näher, um herauszufinden, ob das Visier von meinem Atem beschlägt. Ich rühre mich nicht, ich trage den Goldhut. In meinem Ohr flüstert Martin, auch ich flüstere, neben mir die anderen. Wir sind synchron. Während ich spreche, sehe ich meinen Mundbewegungen zu, die sich in Martins Visier spiegeln.

Sei gegrüßt, heilige Lola. Ich sehe dich.
Ich sehe mich in dir.
Ich höre dich.
Ich höre mich in dir.
Gesegnet bist du und voller Gnade.
Gesegnet seist auch du.
Lass mich aufgehen in deinem Herzen.
Willkommen.
Lass mich dein Gedanke sein.
Du bist mein Gedanke.
Lass mich dein Schatten sein.
Du bist mein Schatten.
Lass mich dein Spiegel sein.
Du bist mein Spiegel.

Dann verstummen wir, drehen uns um und führen die Vorhut in die Stadt, hinter uns die Übersetzer, hinter den Übersetzern die Dienstfertigen und danach, so wissen wir, folgen die Bautrupps.

XI

Sobald sich die Bautrupps in der Stadt verteilt haben, geht der Gesang der Maschinen los, Quietschen, Pochen, Wimmern, Dröhnen und Knarzen. Es ist rhythmisch. Es ist schön. Es ist die Zeit dazwischen.

Die Baugeräusche übertönen am Tag das Brummen der Pumpen. Die Bauleute selbst sehen wir nur von fern, sie laufen auf den Dächern herum, seilen sich an Fassaden auf und ab, mischen Mörtel, Zement und Gips für den Stuck. Ich denke mir, dass das eine schöne Arbeit ist, dass sie vielleicht Freude daran haben. Von Weitem kann ich sie lachen hören, und sie sprechen auch miteinander, in einer Sprache voller warmer, tiefer Laute. Ich weiß nicht, wie die Sprache heißt, sie klingt ein wenig anders als die der Fremden, vielleicht ist es ein Dialekt.

Den Bautrupps ist der Kontakt zu uns verboten. Ein Trupp besteht aus mindestens drei Personen, manchmal sind es auch fünfzehn. Sie tragen blaugraue Schutzanzüge und graue Helme, die aussehen wie die Soldatenhelme auf den Aufnahmen im Archiv. Sie führen Metallkisten mit sich, in denen das Werkzeug klappert. Manchmal singen sie, auch das ist rhythmisch, die Maschinen geben den Takt vor oder die Schritte, ich wüsste gern, was sie da singen, aber die Übersetzer schweigen dazu.

Wir Ewigen kommen während dieser Zeit kaum von der Kerninsel hinunter. Die Tage sind geschäftig und eng. Während die Bautrupps das gesicherte Gebiet für den Sommer vorbereiten, sind die Dienstfertigen im Schloss mit uns beschäftigt. Haare, Haut, Zähne, Garderobe, Medizin, Creme, ständig sind da ihre behandschuhten Finger, weiße Seide, ihre gesenkten Köpfe und Blicke. Sie kämmen uns, messen uns, wiegen uns, waschen uns, geben uns Tinkturen zu trinken.

Die Bewegungen der Dienstfertigen sind zügig und lautlos, ein ernster, stiller Tanz, auch ihre Lippen verlässt nie ein Ton, kein Wort zu uns, keines untereinander. Manchmal spreche ich zu ihnen, dann senken sie die Köpfe noch tiefer oder wenden sich ganz ab, bis sie mir leidtun und ich schweige.

Meistens versorgen etwa zwanzig weibliche Dienstfertige Else und mich gemeinsam, während sich die männlichen Dienstfertigen um Friedrich, Wilhelm und Alexander kümmern. Wir bekommen die Männer nun kaum mehr zu Gesicht, dafür sind Else und ich ständig zusammen.

Jetzt, wo Else dauernd neben mir ist, ist sie mir zu wenig und zu viel. Ich hätte mir schon im Winter Gedanken machen sollen, wie ich die Zeit dazwischen mit ihr verbringen möchte, vielleicht wäre es dann leichter. Vielleicht geht es ihr auch so. Manchmal liegt so etwas in ihrem Gesicht. Das Schweigen der Dienstfertigen führt dazu, dass auch Else und ich kaum miteinander sprechen, ab und zu beginnen wir eine Unterhaltung, aber die Anwesenheit der Dienstfertigen hemmt uns, nur unsere Blicke verbinden sich, während die der Dienstfertigen am Boden kleben. Natürlich sehen sie uns an, das müssen sie ja, wenn sie unsere Zähne behandeln, unsere Füße, unsere Nägel, Haare und Haut, aber nie, nie, nie sehen sie uns in die Augen.

Und so blicke ich hinaus, während zwei Dienstfertige Else und mir mit diversen surrenden Geräten die Zähne polieren.

Wir sitzen nebeneinander auf den rot gepolsterten Sesseln, oben, im Raum mit den Panoramafenstern, aus denen wir über den Lustgarten hinweg die Arbeiten am Alten Museum beobachten können. FRIDERICUS GUILELMUS III STUDIO ANTIQUITATIS OMNIGENAE ET ARTIUM LIBERALIUM MUSEUM CONSTITUIT MDCCCXXVIII, ein Bautrupp, bestehend aus zwei Frauen und einem Mann, hat sich vom Dach abgeseilt und restauriert die Buchstaben, manche müssen nachvergoldet werden. Latein war schon MDCCCXXVIII eine tote Sprache. *Altertümer aller Art und freie Künste.* Davor fegt ein einzelner Mann die Wege zwischen den Grünflächen, und zwei Frauen sind in die große Granitschale geklettert, um sie zu polieren.

Die Politur in meinem Mund schmeckt scharf. Sie bleichen uns die Zähne, aber nicht zu sehr. Unsere Heiligkeit muss mit Natürlichkeit einhergehen.

Die Zähne der Fremden sind knallweiß. Die Zähne der Dienstfertigen zeigen sich uns nie, ihre Münder stets verschlossen mit einem schmalen Lächeln.

Meine Hände schwitzen, meine Finger krallen sich an den geschnitzten, vergoldeten Armlehnen fest, wahrscheinlich müssen die Bautrupps auch sie bald nachvergolden.

Aus dem Innenhof kann ich das Hufgetrappel unserer Pferde hören. Sie werden ebenfalls gepflegt und gestriegelt. Vielleicht sprechen die Dienstfertigen wenigstens mit den Tieren.

Wenn ich meinen Fokus verändere, sehe ich unsere Spiegelung im Fensterglas. Elses Gesicht mit den zurückgeschobenen Lippen. Der Speicheltropfen im Mundwinkel. Die glänzenden Zähne. Lange Schneidezähne. Auch sie sieht mich an. Ihr Blick in dieser Grimasse, ihre aufgerissenen Augen, als müssten sie dem aufgerissenen Mund gehorchen.

Bevor sie sich auf Alexander beschränkt hat, teilte Else auch mit uns anderen das Lager. Manchmal lag sie mit unter meiner Decke. Ihre Küsse waren schnell und fest. Im Schlaf murmelte sie oft, ich habe nie verstanden, was.

Wahrscheinlich beobachtet sie mich schon die ganze Zeit. Ich hasse sie. Ich liebe sie. Wahrscheinlich denkt sie bei meinem Anblick das Gleiche.

Ich sehe wieder nach draußen. Die eine Frau hängt jetzt mit ihrem Oberkörper weit aus der Granitschale herab und bearbeitet das Äußere mit einem Lappen. Die andere hält sie an den Beinen fest. Sie haben ihre Helme abgesetzt und scheinen zu lachen.

Nach den Zähnen kommen die Füße an die Reihe, einweichen, Hornhaut entfernen, Nagelhaut zurückschieben, Nägel polieren, kein Lack, Natürlichkeit.

Else lacht ab und zu, kurz und hell, sie ist kitzelig, oder sie tut so. Der Oberkörper ihrer Dienstfertigen zuckt dann ein wenig, immer noch lautlos, Elses Lachen ist ansteckend.

Eigentlich ist das alles nicht unangenehm. Eigentlich dürfte das alles nicht unangenehm sein. Die Fußwaschschüsseln sind aus Silber, das Wasser hat Körpertemperatur, meine Seife riecht nach Pomeranzen und Kräutern, ebenso das Öl, für Else duftet es nach Rosen und Veilchen, genau wie es uns gefällt, die Berührungen der Dienstfertigen sind sanft.

Ich kann diese Berührungen nicht ertragen. Ich kann ihre Atemgeräusche nicht ertragen. Das leise Tappen ihrer Sohlen. Das Plätschern des Wassers. Ich will, dass jemand etwas Lautes, Festes sagt.

Ich sage nichts.

Und dauernd diese Handschuhe an mir. Sogar wenn sie ihre Hände ins Wasser tauchen, tragen sie diese Handschuhe. Ein Kniff im Regelwerk, denn natürlich darf uns niemand anfassen. Genau genommen sind das also gar keine Berührungen, die ich nicht ertragen kann. Genau genommen ist da gar nichts. Die Dienstfertigen existieren kaum.

Vielleicht ist bei dieser Unterwürfigkeit miteingerechnet, was für Aggressionen sie auslöst. Aber wahrscheinlich bin das nur ich. Wozu sollte es gut sein, unsere Aggression zu schüren? Das können sie nicht wollen.

Elses Ausdruck ist sanft, manchmal schließt sie die Augen, ein Lächeln auf den Lippen und ein leises Summen. Ich dagegen muss an mich halten, um nicht zuzutreten, wenn sie so zu meinen Füßen knien und kaum existieren und an mir herummassieren.

Aber natürlich zucke auch ich mit keiner Wimper, und mein Gesichtsausdruck ist tadellos.

»Else?«

»Hm.«

»Hast du mal darüber nachgedacht, dass wir die Namen erfundener Figuren tragen?«

»Hm?«

»Else und Lola. Wir sind nicht nach echten Menschen benannt, sondern nach Figuren, die sich die Alten ausgedacht haben. Bei den Männern ist das anders.«

Else hat ihren Oberkörper aufgerichtet, sieht mich an und schweigt. Ich kann ihren Blick nicht deuten. Ihre Dienstfertige jedenfalls hat sich erschrocken, sie hält in ihren Bewegungen inne. Aber da lacht Else schon ihr helles Lachen. »Ach, Lola!«, ruft sie und lehnt sich wieder zurück, und die Dienstfertige fährt in ihren Bewegungen fort. »Ach, Lola!«

Bei Sonnenuntergang kehren sie alle auf die Schiffe zurück, die Dienstfertigen, die Bautrupps und die Übersetzer.

Dann wird es still.

Natürlich sehne ich mich danach, dass es nur uns

fünf gibt. Dass wir uns einig sind. Ich möchte mit ihnen wie in einem Wolfsrudel leben, nachts dicht an dicht aneinandergeschmiegt im selben Rhythmus atmen, schlafen und träumen. Leben Wölfe so? Ich weiß es nicht, hier gibt es keine Wölfe. Ab und zu ein Fuchs im ungesicherten Gebiet, aber dort werde ich nun wahrscheinlich lange Zeit keinen mehr zu Gesicht bekommen, denn auch für die Zeit dazwischen gelten Gebote, und anders als im Winter sind sie zu beachten.

XII

Der Sommer kommt immer zu schnell. Jedes Jahr. Zu plötzlich und zu schnell. Das ist merkwürdig, denn den ganzen Winter über wartest du auf ihn, du sehnst ihn herbei, aber wenn er dann da ist, bist du überrascht. Jedes Mal.

Vielleicht war es einfacher, als sie, als wir noch Winterschlaf gehalten haben.

Es gibt niemanden mehr, der mir davon erzählen könnte. Friedrich sagt, der Friedrich vor ihm konnte sich an diese Zeit erinnern. Aber vielleicht hat auch der schon einfach gern geredet.

In den Schriften steht es noch. Allerdings habe ich die Stelle mit dem Winterschlafgebot nie selbst gelesen. Es sind zu viele Gebote. Es sind zu viele Schriften. Niemand hat sie alle gelesen. Außer Friedrich vielleicht, aber auch das glaube ich nicht.

Die Schriften sind unveränderlich. Was sich verändert, ist die Auslegung. Friedrich sagt, eine freiere Auslegung weiche das System nicht auf, im Gegenteil, eine freiere Auslegung sei der Beweis dafür, dass das System stabil sei. Stabile Systeme könnten sich Schlupflöcher erlauben. Instabile Systeme hingegen zeichneten sich durch Rigorosität und drakonische Strafen aus. Und dass die Regeln immer weiter aufweichen, dass die Fremden sogar auf unseren Regelverstoß reagieren, dass sie eine Luftbrücke mit ihren Drohnen schaffen und uns im Winter Verpflegungspakete an unsere jeweiligen Standorte schicken, damit wir auch wach überleben können, das seien Zeichen dafür, dass alles unter Kontrolle ist. Darüber hinaus, so Friedrich, demonstrierten sie so, dass sie uns orten können, und indem sie die Pakete nur mit Tagesrationen und nur im gesicherten Gebiet landen lassen, stellten sie sicher, dass wir nicht im ungesicherten Gebiet untertauchen.

Mir ist nicht ganz klar, wie Friedrich das findet. Alles unter Kontrolle. Mir ist auch nicht ganz klar, ob es wirklich Scharfschützen gibt. Ob es sie vielleicht nur im Sommer gibt. Es ist nicht eindeutig zu erkennen. Was zu erkennen ist: Bewegungen zwischen den Zinnen der Prozessionsstraße.

Wir sollen nicht nach oben sehen. Unser Blick soll sich stets nach vorn richten. Unser Blick soll sich den Fremden zuwenden, die uns entgegenkommen mit ihren Gaben und ihren Fragen. Unser klarer, gnädiger Blick: Vorwärts! Also erkennen wir nur Schatten aus den Augenwinkeln. Schatten, die aussehen wie Menschen mit dunklen Kapuzen. Vielleicht sind sie ja gar nicht bewaffnet. Und wenn sie bewaffnet sind, bedeutet das, dass sie auch schießen würden? Das spiele keine Rolle, sagt Friedrich. Der Weg aus der Festung könne nicht durch die Schleuse führen, nicht für uns. Friedrich will im Süden über die Mauer.

Er wird warten müssen. Jetzt ist Sommer.

Freut euch, der Tag aller Tage ist da!

Die Zeremonie zum Saisonbeginn ähnelt dem Einzug der Übersetzer drei Wochen zuvor, im Grunde passiert genau das Gleiche, nur größer und prächtiger.

Die Bautrupps haben die Mauern verlassen, das gesicherte Gebiet glänzt, die Büffel glänzen, die Pferde glänzen, wir glänzen.

Wir reiten langsam, denn nach uns folgen zu Fuß die Übersetzer und nach ihnen die Dienstfertigen. Wenn es nötig ist, machen sie direkt hinter den Pferden sauber.

Diesmal tragen wir unsere heiligen Gewänder schon zu Pferde. Unterwäsche aus Seide, darüber frisch gefettete Büffellederhosen, die golddurchwirkten Tuniken und rote Seidenumhänge, flatternd im Wind. Mein Haupt krönt der Goldhut, die Dienstfertigen haben die Filzpolsterung erneuert und ihn unsichtbar festgesteckt, es ziept, aber es hält. Else trägt einen Blütenkranz, Rosen und Margeriten, die Häupter der Männer sind unbedeckt, aber auch ihr Haar ist frisch geschnitten, duftet und glänzt.

Die Mähnen der Pferde haben die Dienstfertigen geflochten, auch hier sind Blüten eingearbeitet, und am Zaumzeug klingeln Gold und Edelsteine.

Der Weg unter uns ist gefegt, der Himmel über uns blau mit wenigen weißen Wolken, ein leichter, warmer Wind weht, die Luft riecht nach Salz, Möwen kreischen, die Pferdehufe klappern, und über unsere Ohrstücke hören wir den Gesang der Übersetzer.

Freut euch, der Tag aller Tage ist da!
Freut euch!
Ihr Ewigen, freut euch!
Sie kommen, euch zu feiern.
Sie kommen, euch zu loben.
Sie kommen, euch zu ehren.
Sie kommen.
Sie kommen.

Das innere Tor steht weit offen, wir reiten einfach hindurch, vor uns streuen zwei Dienstfertige Blütenblätter auf die Prozessionsstraße, Rosen und

Orangenblüten. Links und rechts leuchten die Löwen gelb auf dem Blau.

Mit dem Hut kann ich nicht nach oben sehen. Ich weiß nicht, ob dort Scharfschützen sind.

Am mittleren Tor machen wir halt. Es ist nicht verriegelt, aber die Flügel sind noch verschlossen. Die Fremden geben kein Signal mit dem Horn, sie klopfen. An der Außenseite der Pforte befinden sich zu diesem Zweck zwei große, vergoldete Eisenringe. Es ist ein schönes Geräusch.

Wir steigen von den Pferden, die Dienstfertigen helfen uns dabei und führen die Tiere dann links neben das Tor, rechts flackern die Übersetzer, in der Mitte stehen wir. In der Mitte der Mitte ich. In meinem Ohr Martin.

Heilige Lola.
Du bist ewig.
Du bist der Anfang.
Du bist die Entscheidung.

Wir warten auf dich.
Wir hoffen auf dich.

Ich kann den Ozean rauschen hören. Ich rieche das Salz. Ich entscheide, wann das Tor sich öffnet.

Einen Augenblick noch.

Else mit dem Blumenkranz, sie duftet und lächelt, sieht mich von oben bis unten an, von unten bis oben, legt mir den Umhang zurecht, das Haar, den Hut, dann nickt sie und strahlt, ihre Zähne blitzen.

Alexander zwinkert mir zu, ich weiß nicht, wie ich das finde, freundlich wahrscheinlich, was soll er auch sonst machen, er nickt ebenfalls.

Friedrichs Augen sind feucht, er sieht mich an, als hätte er mich erfunden, er streicht mir mit der Außenseite der rechten Hand über die Wange, dann nickt auch er.

Wilhelm hebt die Faust, grinst und nickt ebenfalls. Gut. Ich atme ein und wende mich nach vorn.

Machet die Tore weit und die Türen
in der Welt hoch.

Es sind hundert Fremde. Ich muss nicht nachzählen. Es sind jedes Mal hundert, die durch das Tor strömen. Sie jubeln. Es klingt hell, ein bisschen wie ein außer Kontrolle geratenes Glockenspiel. Sie jubeln und jubeln und werfen sich uns zu Füßen, küssen den Boden, verharren, heben die Köpfe wieder und blicken uns an.

Sie alle tragen weiße Gewänder, jedes ist anders geschnitten, ich kann sehen, dass sie sich Mühe gegeben haben damit, bescheiden sieht es aus und kostbar. Ihre Haut ist glatt und kupferstrahlend, ihre Iris dunkel und klar, ihre Augäpfel sind weiß wie ihre Zähne, ihre Haare schwarz, glatt und glänzend, ihre Lippen voll, aber nicht obszön, ihre Nasen gerade, aber nicht zu klein. Schön sind sie, die Fremden, vielleicht ein bisschen zu symmetrisch, ein bisschen zu gleich, ein bisschen zu perfekt, dazu die Euphorie in ihren Gesichtern.

Wir heben unsere Hände zum Segen und warten, bis der Jubel verklungen ist. Das dauert lange, der Jubel schwillt ab, brandet auf, immer wieder, Ebbe und Flut und Ebbe, am Ende sind es nur noch einzelne Stimmen, dann Ruhe.

Während wir singen, heben die Fremden ihre Handflächen und schließen die Augen.

Ziehet durch, ziehet durch,
durch die gold'ne Brücke.

Sie ist entzwei, sie ist entzwei,
wir woll'n sie wieder flicken.
Mit Steinen, mit Beinen,
mit Gold und Silberleinen.

Gold'ne Brücke, gold'ne Brücke,
wer hat sie denn gebrochen?

Der Goldschmied, der Goldschmied,
mit seiner jüngsten Tochter.

Zieht alle durch, zieht alle durch,
den Letzten woll'n wir fangen,
mit Spießen und mit Stangen.

Der Letzte wird gefangen,
mit Spießen und mit Stangen.

Sobald unser Gesang verklungen ist, öffnen die Fremden die Augen und greifen sich ans rechte Ohr. Auch sie tragen Ohrstücke, und jetzt lauschen sie der Übersetzung. Dabei blicken sie uns an. Hundert Augenpaare. Am Gemurmel der Übersetzer können wir hören, dass sie nicht singen, sie geben nur die Worte wieder, auch wenn der Rhythmus unserem nahekommt.

Wenn die Übersetzung beendet ist, erheben sich die Fremden und bringen uns ihre Opfer dar. Jeweils fünf treten vor und legen uns ihre Gaben zu Füßen, dann machen sie Platz für die Nächsten.

Wir blicken gnädig auf die Gaben. Öl. Seide. Gewürze. Brot. Früchte. Wein. Kaffee. Kakao.

Die Dienstfertigen nehmen die Opfer auf und vertäuen alles auf den Pferden, dann schaffen sie die Sänften herbei, geschnitztes Ebenholz, rote und weiße Seidenpolster, kein Dach. Die Fremden wollen uns sehen.

Wir nehmen Platz, die Fremden jubeln, jeweils acht schultern eine Sänfte, und dann ziehen wir gemeinsam in die Stadt ein. Die Fremden singen dabei, und die Übersetzer übersetzen.

Ihr, die ihr ewig seid und heilig,
lasst uns sehen, was ihr seht,
lasst uns wissen, was ihr wisst!

Seid gnädig,
seid gütig,
seid gelobt.
Seid.

XIII

Ich führe sie nie sofort zur Nofretete. Ein Höhepunkt muss sich aufbauen. Ich beginne immer im Griechischen Hof, feierlich, mit dem Gesang der Alten. Ich ende den Gesang, wie ich es von Friedrich gelernt habe:

Doch fragt ihr nach Trost mich,
fragt ihr mich nach Leben?
So seht dort die fünf, denen Rettung gewährt
und Schutz in der Festung gegeben.

Wir hüten das ewige Erbe der Alten,
wir schützen, wir pflegen, besingen, erhalten,
was hier in den Mauern, was edel und gut,
vor äußerem Einfluss, vor Raub und vor Flut.

Dann sage ich ihnen, was ich ihnen zeigen will und wie lange das dauern wird. Das ist wichtig. Sonst werden sie unruhig, oder sie gehen eigene Wege, oder sie stellen Fragen, die ich nicht beantworten kann. Hieroglyphen übersetzen, zum Beispiel, kann ich nicht, also lasse ich die weg.

Die Nofretete verzaubert sie. Vielleicht weil sie ihnen so ähnlich sieht. Wangenknochen, Hautfarbe, Lippen.

Schon auf der Treppe sind sie voller Unruhe, erst tuscheln sie, dann verstummen sie in Erwartung.

»Der Name Nofretete bedeutet ›Die Schöne, die da kommt‹«, sage ich. Die Fremden warten die Übersetzung ab, dann nicken sie und lächeln. »Ihr seid auch schön, die ihr da kommt«, sage ich. Ich weiß nicht, ob Martin das übersetzt. Die Fremden nicken und lächeln.

»Wir wissen nicht, ob sie wirklich *Nofretete* hieß. Sie ist viel älter als die Alten, und auch sie wussten nur wenig über sie, nicht einmal über die Vokale waren sie sich einig. *Nfr.t-jy.tj.* Die Alten haben sie auf diesen Sockel gestellt und nie wieder hergegeben.« Die Fremden warten die Übersetzung ab, nicken und lächeln.

»Gefunden«, sage ich. »Fundteilung«, sage ich, »Raubkunst«, »Kolonialismus«.

Eigentlich ist es nicht wichtig, was ich ihnen sage. Echnaton. Amarna. Neues Weltbild. Ein einziger Gott. Das alles hat sich sowieso nicht durchgesetzt, geblieben ist nur die Kunst, und bei der Nofretete geht es den Fremden um sich selbst. Durch die Nofretete ist ihr Ebenbild in den Mauern. Sie bleibt hier, wenn sie wieder auf die Schiffe zurückgehen. Das berührt sie, alle, jedes Mal. Feuchte Augen, Seufzen, Stille. Also lasse ich ihnen Platz und Zeit, um die Schöne anzusehen. Ich trete in den Nebenraum und warte.

Martin folgt mir in solchen Momenten. Ich kann seine Schritte hören. Manchmal schweigen wir dann. Aber ich kann auch mit ihm sprechen, wenn ich möchte.

»Martin?«

»Ja.« Wir flüstern.

»Martin, wie siehst du aus?«

»Wie du. Ich bin du.«

»Welche Farbe haben deine Augen?«

»Meine Augen sind nur Spiegel. Ich bin nur dein Spiegel, Lola.«

»Das glaube ich nicht.«

»Du musst nicht glauben, Lola. Es reicht, dass du da bist, es reicht, dass wir an dich glauben können. Gesegnet seist du, heilige Lola.«

»Ja, ja.«

»Gesegnet bist du und voller Gnade.«

»Ja.«

Mein Gesicht spiegelt sich in seinem Visier.

Ich bin mir nicht einmal sicher, ob Martin wirklich jedes Mal derselbe ist. Vielleicht tauschen sie die Übersetzer jede Saison aus. Vielleicht jeden Tag. Vielleicht haben sie alle diese Stimme. Ich weiß es nicht. Ich weiß nicht, was mir lieber wäre.

Es dauert lange, bis sich die Fremden von der Nofretete lösen, aber irgendwann kommen sie, stellen sich um mich herum auf und sehen mich an, und dann führe ich sie weiter.

Sie nicken und lächeln zu allem, was ich ihnen erzähle. Heute ist der zweite Tag nach ihrer Ankunft, und ich zeige ihnen die Kerninsel. Die Museen, den Dom, den Lustgarten, das Schloss. Das Schloss ist nicht original. Die Grünflächen sind nicht original.

Die Sarkophage in der Gruft des Doms sind original. Die Fremden atmen hier unten tief ein, die Luft ist feucht.

Der Pergamonaltar ist original, die Fremden staunen die Stufen auf und ab, die Stufen sind nicht original. Der Fries ist original.

Den Fries muss ich erklären, so viele Lücken, auch er ist älter als die Alten, auch über ihn wussten sie nicht viel. Aber sie kannten die dargestellten Geschichten.

Seht hier den großen letzten Krieg.
Seht der Ordnung ewigen Sieg.

Seht die Giganten, halb Schlange ihr Leib.
Seht das den Göttern grollende Weib:
Mutter der einen und Mutter der andern,
seht ihren Schmerzblick nach oben wandern,
vergebens ihr Bitten, vergebens ihr Flehn,
der Göttin Kraft wird nicht entgehn
das Kind, das sie zu halten sucht,
zu stark der Griff, zu groß die Wut,
entreißt ihn die Göttin der Erde schon,
entreißt dem Mutterschutz den Sohn
und setzt ihn aus der Schlange Biss,
der Schrei umsonst, der Tod gewiss.

Der Kampf währt lang, der Kampf
bricht schwer,
doch schließlich siegt das Götterheer.
Es siegt die Ordnung, es siegt das Recht,
es siegt das Götter- und Menschengeschlecht.
Denn ohne die Helden, von Menschen geboren,
vergesst nicht, hätten die Götter verloren.

Die Fremden warten die Übersetzung ab, dann nicken sie. In den ersten Tagen hören sie zu und nicken und fragen nichts. Aber das wird sich noch ändern. Mit der Zeit werden sie immer weniger an sich halten können. Heute reicht ihnen mein Anblick, am Ende werden sie mich verschlingen wollen. Ich kann das jetzt schon in ihren Augen erkennen, ein Glanz, ein Flackern. Ich weiß, dass ich davor keine Angst haben darf. Ich führe sie, sie folgen mir.

Eine Gruppe besteht immer aus zwanzig Fremden, so teilen wir eine Schiffsladung unter uns auf. Jede Gruppe läuft während ihres Aufenthaltes mit allen fünf Ewigen mindestens einmal mit. Ein Aufenthalt dauert zwei Wochen, wobei die Fremden die Nächte, genau wie die Übersetzer und die Dienstfertigen, auf den Schiffen verbringen. Am Ende der zwei Wochen werden sie gehen und nie wiederkommen. Die Schriften verbieten ihnen die Rückkehr. Wenn eine Schiffsladung weg ist, kommt eine neue. So geht das den ganzen Sommer. Schließlich werden sie alle das instand gehaltene Gebiet gesehen haben, werden alles gesehen haben, was heilig ist, und werden unsere heiligen Worte gehört haben.

All unsere Worte sind heilig, ob wir uns an die Gesänge der Alten halten oder nicht. Die Gesänge haben den Vorteil, dass wir weniger nachdenken müssen, die Reime merken und sprechen sich fast von selbst. Außerdem macht der Rhythmus etwas mit den Fremden, auch wenn sie die Worte nicht verstehen. Es gibt jedoch kein Gebot, das uns an die Gesänge bindet. Wir können auch frei sprechen, wir können improvisieren, wir können Fragen beantworten.

Über manches gibt es auch keine Gesänge.

XIV

In der Alten Zeit, der Betonmauerzeit, die Grenzen eng, der Himmel weit, da sind an der Innengrenze Kinder gestorben. Im Archiv gibt es Fotografien. Schwarz-weiß. Hier leben die Kinder noch, aber die Todesursache steht schon darunter.

Holger, 15 Monate alt. Erstickt.

Die Alten haben ihre Kinder, wie gesagt, üblicherweise sexuell gezeugt. Üblicherweise hatte ein Kind eine *Mutter* und einen *Vater*. Die Kinder sind im Körper ihrer Mutter herangewachsen, zehn Monde lang, bis sie selbstständig atmen konnten. Dann hat die Mutter sie *geboren*. Aber auch nach der *Geburt* konnten diese Kinder noch nicht allein überleben. Nicht essen, nicht laufen, nicht sprechen. Nur atmen konnten sie selbst.

Holgers Vater hatte schon als Siebzehnjähriger zu fliehen versucht, übers Meer. Zur Alten Zeit gab es keine Mauer am Meer. Es gab Sandstrände. Die Menschen durften da sitzen, spazieren und sogar im Wasser schwimmen.

Nur zu weit hinausschwimmen durftest du nicht. Wie weit zu weit war, konntest du nicht eindeutig erkennen. Es gab keine Markierung. Es gab Patrouillenboote. Es gab bewaffnete Soldaten. An klaren Tagen konnte man wohl bis zum nächsten Festland sehen.

Der Versuch des Vaters misslang. Damals war er noch kein Vater.

Klaus. Er hieß Klaus.

Der nächste Versuch dann, mit Kind und Mutter, steht als *geglückt* im Archiv vermerkt. Sie sind angekommen auf der anderen Seite. Mutter und Vater haben überlebt. Ingrid und Klaus.

Waren sie noch Mutter und Vater? Oder endet das mit dem Tod des Kindes?

Friedrich hat mir von Dädalus erzählt: Er ruft noch den Namen seines Sohnes, da ist er schon kein Vater mehr. Aber diese Geschichte ist nur ausgedacht, daraus lässt sich nichts ableiten für Holgers Eltern.

In der Staatsbibliothek gibt es *Zeitungen*, Papier, ein Vermächtnis der Alten: *Wir würden das nie wieder tun.*

Sie haben es bereut.

»Mein Kind!«, soll Ingrid gerufen haben. *»Mein Kind!«* Da war es zu spät.

Friedrich erzählt es trotzdem als Heldengeschichte: Sie wollten, dass ihr Kind in Freiheit aufwächst. Sie haben etwas gewagt, und sie hatten einen guten Plan. Es war nicht ihre Schuld. Sie hätten es auch bereut, wenn sie das Kind zurückgelassen hätten. Sie hätten es auch bereut, wenn sie es gar nicht erst versucht hätten. Wenigstens haben sie es versucht, sagt er. Es hätte auch gut gehen können, sagt er. Ob etwas eine Heldentat sei, hänge nicht vom Gelingen ab, es dürfe gar nicht davon abhängen.

Es hätte auch gut gehen können.

Ein Freund wollte sie nachts, in Kisten versteckt, mit einem Lastwagen über die Grenze bringen. Der Vater in einer Kiste, die Mutter und das Kind in einer anderen.

Es war Winter. Es war kalt. Das Kind war krank. *Bronchitis.* Ein griechisches Wort.

An der Grenze gab es Kontrollen. Das war der gefährlichste Teil. Bewaffnete Soldaten. Nur keinen Laut. Das Kind durfte nicht weinen jetzt. Nicht husten und nicht weinen.

Die Kontrolle dauerte länger, als sie erwartet hatten. Nur keinen Laut. Die Mutter hielt dem Kind den Mund zu. Fest, mit der Hand.

Die Kontrolle dauerte. Sie hielt ihm den Mund zu. Sie wurden nicht entdeckt.

Geglückt, steht im Archiv.

Die Mutter hatte nicht bedacht, dass ihr krankes Kind durch die Nase nicht atmen konnte. Als sie ankamen, rührte es sich nicht mehr.

Mein Kind!

Sie hätten auch bereut, es nicht versucht zu haben. – Ja. Aber wie sehr? Wie sehr hätten sie es bereut?

Es hätte auch gut gehen können. – Ja. Aber muss man es nicht vom Scheitern her betrachten? Von der Möglichkeit des Scheiterns ausgehen?

Wir würden das nie wieder tun.

Else erzählt die Geschichte anders: »Weißt du, Lola, es war ja nicht so, als hätten ihnen Tod, Hunger, Gefängnis, Krieg oder so etwas gedroht. Man hätte dort schon leben können. Nicht glücklich vielleicht in ihrem Fall, aber auch nicht miserabel. Sie hatten Verantwortung. Sie hätten das nicht riskieren dürfen. Für sich selbst, ja. Aber nicht für das Kind.«

Es gebe schon Situationen, in denen man keine Wahl habe, findet Else. Als Beispiel nennt sie eine andere Flucht, ein anderes Kind, eine andere Zeit: Alte Zeit, verwebte Zeit, die Fäden so dicht, der Himmel so weit und unten im Meer die Außengrenze. Auch davon gibt es ein Foto im Archiv. Die Alten haben das Bild in ihre Zeitungen gedruckt, in Farbe. Es war ihnen wichtig. Rot und blau. Hier steht die Todesursache nicht darunter, denn es ist offensichtlich: Das Kind auf dem Bild ist ertrunken. Es ist nass und liegt auf dem Bauch. Die Kleidung rot und blau. Der Körper so klein. Der Kopf so groß. Die Hände. Der Strand. Die Schuhe.

Die Mutter dieses Kindes und ihr anderes Kind sind auch ertrunken, aber davon gibt es kein Bild.

Ich weiß nicht, wie ich diese Geschichten erzählen soll. Jede Saison versuche ich es aufs Neue, es glückt mir nie.

»Du musst es versuchen, Lola«, sagt Friedrich, »diese Geschichten sind wichtig. Deswegen kommen die Fremden, damit wir ihnen das erklären. Wer diese Geschichten nicht versteht, kann diesen Ort nicht verstehen.«

»Es ändert nichts, egal, wie du das erzählst«, sagt Wilhelm, »es ist vergangen, du kannst nicht wissen, worum es den Alten ging, das musst du auch gar nicht, dass du überhaupt hier bist, ist entscheidend, das reicht. Den Rest machen die Übersetzer.« Und wahrscheinlich hat er recht, denn die Fremden sehen mich jedes Mal auf die gleiche Weise an. Mitleid und Schrecken, und zum Glück ist das alles vorbei.

Mit den Schiffen kommen keine Kinder.

XV

Wir reiten mit Fackeln durch die Nacht nach Westen.

Die Nächte des Sommers gehören uns.

Normalerweise bleiben wir auf der Kerninsel, bringen die Pferde im Marstall unter und versammeln uns dann gegenüber im Schloss. Heute aber haben Else und Alexander darauf bestanden, dass wir alle nach Charlottenburg kommen. Sie wollen nach ihren Pflanzungen sehen und uns zeigen, was sie alles geschaffen haben im Winter.

Die Pferde schnauben schwer, neben uns haben sie noch an den Opfergaben zu tragen, Früchte, Brot und Wein, Wein vor allem, es soll ein Fest werden.

Den ersten Teil des Ritts verbringen wir schweigend. Den ganzen Tag haben wir für die Fremden gesprochen und gesungen, nun hören wir der Nacht zu, und alle paar Meter nehmen wir einen Schluck vom Opferwein.

Hinter dem sechssäuligen Tor erstreckt sich der

große Garten. Die Alten haben dort gejagt. Zwischen den Bäumen raschelt es. Die wilden Tiere der Stadt bevorzugen das ungesicherte Gebiet, manche leben hier im Garten, instand gehalten sind nur die zwei Achsen, die das Dickicht spalten, Ost-West und Nord-Süd. Ein Fuchs kreuzt unseren Weg, blickt mit weiten Augen in die Flammen unserer Fackeln, verharrt so, mitten auf der Achse, und verschwindet dann zwischen den Schatten der Bäume. Ich murmle ihm einen Gruß hinterher. Über den Baumwipfeln das Flügelschlagen der Krähen, links im Gehölz die Geräusche von etwas Großem, Wildschweine vielleicht.

Manchmal stelle ich mir bei solchen Geräuschen vor, das sei die alte Lola, Friedrichs Lola, die durchs ungesicherte Gebiet streift. Vielleicht stellt Friedrich sich das auch vor, er blickt sich um, ängstlich sieht er aus, als vermute er im Dickicht ein Gespenst.

Ich verlangsame den Lauf meines Pferdes, lasse die anderen an mir vorbeiziehen und werfe eines der Opferbrote ins Gebüsch, in Richtung des großen Geräuschs.

An der Säule in der Mitte des Gartens drehen wir eine Ehrenrunde für Else, der Wein wirkt schon, wir lachen und grüßen Elses große goldene Schwester an der Spitze, *Gold'ne Schwester, sei gegrüßt, gold'ne Schwester, wache über uns,* dann führt unser Weg aus dem Garten hinaus, durchs Charlottenburger Tor, und ein paar Hundert Meter weiter biegen wir schon ab, auf die letzte große Gerade.

Je näher wir dem Schloss kommen, desto energischer treibt Else ihr Pferd an. Sie ist es auch, die als Erste zu sprechen beginnt.

»Das machen wir viel zu selten. Ihr solltet wirklich viel öfter zu uns kommen, auch im Winter mal! Den ganzen Winter sind wir kein einziges Mal bei uns zusammengekommen«, und so weiter, und dann sind wir da.

Die Pflastersteine auf dem Vorhof glänzen, die Kuppel des Schlosses hebt sich wie ein Schatten in die Luft, im Hintergrund können wir die Mauer erahnen. Else und Alexander springen vom Pferd, geschmeidig, ihre Bewegungen sind aufeinander abgestimmt, Lasten abladen, Pferde abreiben, in die Koppel führen, füttern, tränken, sie wissen genau, was zu tun ist, Gepäck schultern.

»Hier, Friedrich, das passt noch unter deinen Arm, Lola, du hast noch eine Hand frei, so, und jetzt willkommen und alle hoch in den Festsaal!«

Und dann sitzen wir da, Kerzen, Parkett, Seidenkissen, Früchte, Brot und Wein. Ich lehne mich zurück und höre, was die anderen von ihrem Tag erzählen.

Friedrich war mit seinen Fremden im Spreebogen unterwegs. »Ich hasse das«, sagt er. Er ist aufgestanden, wir anderen lagern in den Kissen und hängen an seinen Lippen. »Die haben nur Augen für die Große Halle, für nichts sonst. Dann stehen sie da und kommen aus dem Staunen nicht mehr raus, dabei ist sie einfach nur groß.«

Dreihundertfünfzehn mal dreihundertfünfzehn Meter in der Grundfläche, dreihundertzwanzig Meter hoch und innen Platz für einhundertachtzigtausend Menschen. Die Kuppel hängt über der Stadt wie eine Glucke über dem Nest. Die Alten hatten Bedenken, dass es in dieser Halle regnen könnte, wenn sie voll besetzt ist. Wenn einhundertachtzigtausend Menschen atmen, dann kondensiert das an der Decke und kommt als Regen wieder runter. Die Halle war nie voll besetzt. Die Halle wird nie voll besetzt sein. Es kommen immer nur hundert auf einmal, und in Friedrichs Gruppe waren es nur zwanzig. Und natürlich wollten sie, dass er sich in die Führerloge stellt. Das wollen sie immer, von uns allen.

»Wie ich das hasse«, sagt er. »Ich versuche dann zu erklären, dass das alles eine Fehlkonstruktion ist, ich erkläre ihnen, dass sie mal darauf achten sollen, wie klein und unwichtig ich in dieser riesigen Loge aussehe«, beim Reden deutet er mit seinen

Fingern in der Luft herum, vielleicht auf unsichtbare Feinde, sein Gesicht rötet sich, »aber sie winken nur und jubeln. Ich hasse das«, sagt er und lässt Arme und Kopf hängen.

Du liebst das, denke ich, deswegen erzählst du uns davon. Ich juble ihm zu, wie die Fremden es tun, und er lacht und lässt sich neben mich aufs Kissen fallen und lässt zu, dass ich ihm nachschenke, und wo ich schon dabei bin, schenke ich allen nach. Der Wein ist schwer und schmeckt nach Gewürzen.

»Weißt du, Friedrich«, Alexander beugt sich zu ihm und fasst ihn an der Schulter, »weißt du, du musst deine Rolle einfach genießen. Du bist dafür gemacht. Wir alle sind dafür *gemacht*! Kommt, meine ewigen Geschwister«, ruft er, »kommt, singt mit mir, singt das Märchen von der Brüderstraße!«

»Ach, nein, nicht das«, ruft Else, aber da fängt er schon an, er ist aufgestanden, hat Else zu sich hochgezogen, umfasst ihre Taille mit links, mit rechts hebt er sein Glas und singt:

In der Alten Zeit, der goldenen Zeit,
die Witterung mild und der Himmel noch weit,
und ohne Namen war die Straße hier,
und es lebten da der Brüder vier.

Ein Versprechen hatten sie einander gegeben:
in Frieden und in Ruhe zusammenzuleben.
Doch Frieden und Ruhe, bedenkst du's genau,
fordern ein Leben ganz ohne Frau.
Zwietracht und Neid rühr'n her vom Weibe,
und hältst du es dir nicht vom Leibe,
den Keil wird's in die Freundschaft treiben.
So schworen sie treu sich, stets ledig zu bleiben.
Doch was geschehen musste, ihr ahnt es, geschah.
Ist Tugend fern, ist der Teufel schon nah.
Ein Mädchen wie der junge Tag,
Bruder um Bruder ihr erlag.
In Liebe entbrannt,
verwirrt und verrannt,
verloren das Herz, verloren der Kopf.
Schon greift Bruder Bruders Schopf,
schon drückt einer den ander'n zur Wand,
schon blitzt das Messer in der Hand,
schon schäumt der Hass, schon schäumt die Wut,
gleich fließen Tränen, gleich fließt Blut,
gleich ist's nicht mehr gutzumachen,
da hat der Jüngste ein Erwachen.
Brüder, ruft er, besinnt euch doch nur,
erinnert, bedenkt, befolgt unser'n Schwur!

Da drehn sich die Sinne, da blüht das Erbarmen,
da liegen vier Brüder sich in den Armen.
Das Weib, es war fortan verbannt,
die Straße Brüderstraße genannt.

Natürlich singen wir am Ende alle mit, auch wenn Else eine Grimasse schneidet und ich die Reime lächerlich betone und Wilhelm pantomimisch illustrativ das Erzählte mittanzt.

»Seht ihr«, sagt Alexander, »seht ihr, es geht doch auch lustig, ihr seid viel zu verkopft, kommt, wir gehen in den Garten!«

Wir leuchten den Weg mit Fackeln. Else und Alexander haben Blumenbeete angelegt, Rosen, Lavendel, drum herum Hecken, dahinter Gemüsebeete, Kartoffeln, Radieschen, Salat, außerdem drei Bienenstöcke. Es duftet und summt, die Nacht ist warm, vom Ententeich her quakt es. Wir wanken Arm in Arm dem Quaken entgegen und füttern die Enten mit dem heiligen Opferbrot der Fremden. Else kichert: »Sakrileg, Sakrileg!«

Am Belvedere machen wir Rast, Alexander öffnet die Tür und zeigt uns das Innere. Else und er haben dort eine Werkstatt eingerichtet, in der sie den Winter über an kleinen Gaben für die Fremden arbeiten, Erinnerungen an die Zeit in den Mauern, Schnitzereien, gepresste Blumen, duftende Bienenwachskerzen, kleine Schmuckstücke. Alles liegt sorgfältig ausgebreitet auf einem weißen Weihtuch. Während ich die Sachen betrachte, spüre ich Elses Blick in meinem Nacken.

Ich nehme Else das alles hier nicht ab. Das ist das Problem zwischen uns.

Else ist so schön. Wir alle sind schön. Wir sind natürlich. Wir sind perfekt. Und Else ist so schön, dass es wehtut. Alles an ihr sieht metallisch aus. *Das Haar aus Platin, der Körper aus Gold und der Blick, ach, aus Stahl.*

Sie wünscht sich wahrscheinlich, dass ich etwas sage, etwas Freundliches. Ich nehme ihre Hand und führe sie wieder hinaus, in den Schlossgarten, die anderen folgen uns.

Wir setzen uns ins Gras. Ich gähne. »Komm, Lola«, sagt Else und öffnet ihre Arme für mich. Ich lehne mich an sie, an ihrer anderen Seite lehnt Alexander. Else küsst mich aufs Haar. Ich drücke meine Nase gegen ihren Hals und schließe die Augen.

Hinter den Bäumen fließt die Spree. Im Norden grenzt der Garten an die Mauer, dort fließt der Fluss aus der Stadt hinaus. Er strömt im Osten herein und im Westen hinaus. Süßwasser. Rundherum der Ozean. Ich verstehe nicht, wie das gehen kann. Vielleicht gibt es den Ozean gar nicht, denke ich, aber das ist natürlich Unsinn, ich kann den Ozean rauschen hören, ich kann das Salz riechen, ich kann die Pumpen hören und die Möwen.

»Wenn sie uns fluten, geht das hier als Erstes unter«, das ist Friedrichs Stimme, ich weiß, was jetzt kommt, ich lasse die Augen geschlossen. »Das ist nicht sicher hier, und das wisst ihr. Ihr müsst höhergelegene Gebiete aufsuchen im Winter.«

»Ach, der Friedrich«, das ist Alexander, meine Augen sind immer noch geschlossen, »der Frie-derich, der Frie-de-rich, das ist ein arger Theoreterich.«

»Alexander, ich meine es gut mit euch, bei Kassandra haben auch erst alle gelacht, aber dann –«

Du bist nicht Kassandra, denke ich, du bist, ach, keine Ahnung, was du bist, und Kassandra ist nur ausgedacht. Dädalus und Ikarus sind nur ausgedacht. Odysseus, ach, was weiß ich, vielleicht gab es Odysseus.

»Sie fluten uns nicht«, sagt Wilhelm, »wenn sie uns fluten wollten, hätten sie das längst gemacht. Wenn sie uns fluten wollten, wozu dann der ganze Aufwand?«

»Genau darum geht es ja«, das ist wieder Friedrich, »genau darum geht es, irgendwann haben sie genug davon. Und dann werden sie Rache wollen. Ja, ich bin betrunken, aber ich habe recht.«

Ich kann Else seufzen hören. Ich muss etwas Gutes für sie tun. Es ist so schön hier, und all das hat sie gemacht. Ich muss etwas sagen.

»Das alles ist bezaubernd«, flüstere ich an ihren Hals, »und jetzt ist Sommer.«

»Sag das noch mal laut«, ruft Alexander.

Ich lasse Else los und setze mich gerade hin. »Das alles hier ist bezaubernd, und jetzt ist Sommer.«

»Ja«, auch Alexander hat sich aufgesetzt, »und weißt du, warum das so bezaubernd ist? Weil wir etwas tun! Wenn man den Winter nicht damit zubringt, im ungesicherten Gebiet herumzustreunen, dann kann man auch etwas Sinnvolles anfangen mit seiner Zeit, nicht wahr, Lola?«

Else boxt ihn in die Seite. Er seufzt und setzt hinzu: »Aber eine wie dich brauchen wir ja auch.«

»Ja«, sagt Else, »genau so eine brauchen wir auch.«

Sie küsst noch mal mein Haar, Wilhelm nickt mir zu, Else hebt ihr Glas, auch Friedrich lächelt jetzt, und wir stoßen an.

XVI

Im Sommer ist Martins Stimme auch nachts bei mir, wenn ich will. Ich muss nur das Ohrstück einsetzen, und er ist da.

Wir sind nichts, und nichts wird uns helfen
Vielleicht lügen wir, dann bleibst du besser nicht
Aber wir könnten sicherer sein, nur für einen Tag

Wenn ich nicht schlafen kann, übersetzt mir Martin Lieder aus der Alten Zeit, Lieder über die Stadt, die Menschen gesungen haben, die eine Zeit lang hier lebten und dann fortzogen. Sie besangen ihr Leben und den Ort in ihrer eigenen Sprache.

Er sieht durch sein Fenster
Was sieht er
Er sieht den hellen und leeren Himmel
Er sieht die Sterne herauskommen heute Nacht
Er sieht die abgerissenen Rückseiten der Stadt
Er sieht den gewundenen Ozeanweg

Und alles wurde gemacht für dich und mich
All das wurde gemacht für dich und mich
Denn es gehört dir und mir
Also, lass uns fahren
Und sehen, was mir gehört

Ich verstehe das Lied nicht. Bei den Alten gab es hier keinen Ozean. Vielleicht würde die Melodie es erklären, aber die übersetzt Martin nicht mit. »Du musst dir dazu das Geräusch einer Stadtschnellbahn vorstellen«, sagt er, »eine Art rhythmisches Rumpeln.«

Wo die Alten den Stadtschnellbahnring hatten, steht heute die innere Mauer. »Zur Zeit dieser Lieder war das Gebiet in den Mauern noch enger«, sagt Martin.

»Ja«, sage ich, »aber man konnte von innen nach außen.«

»Aber nicht von außen nach innen, Lola.«

»Das ist nicht so wichtig für mich, ich bin ja innen.«

Martin lacht. »Da machst du es dir zu leicht, und das weißt du auch, das Außen war ja auch innen, und aus diesem größeren Innen konntest du auch nicht heraus. Du bist auf der guten, auf der heiligen Seite der Mauern, du gehörst zu den Glücklichen, Lola, vergiss das nicht.«

Manchmal vibriert Martins Stimme vom Ohrstück bis in meinen Brustkorb hinein, manchmal bleibt sie in meinem Kopf und ist nicht von meinen Gedanken zu unterscheiden, denn auch meine Gedanken haben manchmal Martins Stimme.

Vielleicht denke ich das alles also nur selbst. Es ist alles ein einziges Summen. Eine einzige Summe. Summen. Bis in den Schlaf.

XVII

Am Tag erwähnen weder Martin noch ich, worüber wir in der Nacht gesprochen haben. Vielleicht ist alles, was ich nachts höre, ein Traum.

Am Tag übersetzt Martin, was ich sage.

»In der Alten Zeit, der Dampfmaschinenzeit, die Schornsteine hoch, der Himmel weit«, wir stehen auf dem Kreuzberg, und ich erzähle den Fremden, wie die Stadt einst ruckartig über ihre alten Grenzen hinausgewachsen ist. Sie haben sich im Halbkreis um mich herum gruppiert, ein leichter Wind bewegt ihre Gewänder und ihr Haar. Die Morgensonne beleuchtet weich ihre viel zu symmetrischen Züge.

»Industrialisierung«, sage ich, »Arbeiter«, »Mietskasernen«, »Typhus«, »Stuck«.

Von hier oben kann man rundherum über die Dächer sehen, das macht die Mauer in jeder Blickrichtung noch gegenwärtiger. Ihre Höhe ist kaum fassbar, an manchen Stellen verschwindet sie in den Wolken, vor allem morgens, wenn sie noch tief hängen. Ich erwähne die Mauer mit keinem Wort. Die Fremden wissen mehr über diese Mauer als ich.

Es ist der siebte Tag der Fremden. Halbzeit. Sie haben Zutrauen gefasst. Martin übersetzt, was sie fragen.

»Heilige Lola, gestatte die Frage, wurdest du mit deinem Wissen geboren?«

Das kam von einem Mann, der mich schon den ganzen Tag anstarrt. Natürlich starren sie mich alle die ganze Zeit an, deshalb sind sie ja hier, er aber schaut, als wisse er etwas über mich, was die anderen nicht wissen, und als dürfe er sich deshalb etwas herausnehmen. Ich kenne das schon. Hin und wieder ist so einer dabei. Sie meinen das nicht böse, sie glauben das wirklich. Unser Gesang berührt etwas in ihnen, dass sie denken, sie kennen uns. Wir müssen gnädig sein mit ihnen. Sein Kopf ist geneigt, so gelingt es ihm, mich von unten anzusehen, obwohl er etwas größer ist als ich. Auch wenn er schweigt, steht sein Mund leicht offen. Ich nicke ihm zu, zum Zeichen, dass Martin seine Frage übersetzt hat und ich sie verstanden habe. Für meine Antwort blicke ich dann in der gesamten Runde umher. Alle sollen sich gemeint fühlen und geliebt.

»Ich weiß nicht, mit welchem Wissen ich geboren wurde. Ich weiß nicht einmal, ob ich überhaupt geboren wurde. Alles, was ich heute weiß, habe ich in den Mauern gelernt.« Ich könnte noch etwas hinzufügen, ich könnte fragen, ob sie denn wissen, ob ich geboren wurde, ob sie selbst geboren wurden, ob sie eine *Mutter* haben, ob sie einen *Vater* haben, aber natürlich ist das aussichtslos, und da kommt auch schon die nächste Frage.

»Gesegnete Lola, erlaube mir, wieso dieses Kreuz auf der Spitze des Denkmals?«

»An diesem Ort zu dieser Zeit hatten die Alten einen dreigeteilten Gott. Der sterbliche Teil des Gottes ist an einem Kreuz auf einem Berg gestorben. Das Kreuz war ein Hinrichtungsgerät. Es mussten Jahrhunderte vergehen, bevor das Kreuz seinen Schrecken verlor. Die späteren Gläubigen machten es dann zu ihrem Symbol. Manche trugen es als Schmuck um den Hals, manche als Abzeichen auf der Brust. Und sie stellten solche Monumente auf, um an ihre Siege und Kriege zu erinnern, so wie hier. Das Kreuz war für sie das Zeichen, dass ihr Gott mit ihnen war, mit ihren Kämpfen und mit ihren Toten. Es war ihnen Trost und Rechtfertigung.«

Ich erzähle von den großen Kriegen der Alten, von ihren Verbrechen, von ihrer Unbegreiflichkeit, Jubel, Massenmord, Völkermord, von der Alten Zeit, der Blutbodenzeit, die Reihen geschlossen, der Himmel weit.

Ich wandere lange Wege mit meinen Fremden, den Berg hinunter, zur Luftgrenze, heute will ich mich bewegen, ich erzähle von der Alten Zeit, der Betonmauerzeit, die Grenzen eng, der Himmel weit, ich erzähle von den Panzern auf dieser Straße, sechzehn Stunden laufende Motoren, Ost und West, Nord und Süd, ich wandere mit ihnen die Luftgrenze entlang bis zum sechssäuligen Tor, ich erzähle von der Verzweiflung und Hoffnung der Alten, von ihrer übergroßen Freude, von der Alten Zeit, der Abrüstungszeit, die Hände leer, der Himmel weit, ich erzähle, soweit die Aufzeichnungen reichen, erzähle von der Alten Zeit, der verwebten Zeit, die Fäden so dicht, der Himmel so weit, ich erzähle und erzähle, der Himmel weit, der Himmel weit, der Himmel weit. Ich will gehen und erzählen, immer weitergehen und erzählen. Ich führe sie, sie folgen mir, und wenn ich ehrlich bin, sinkt auch bei mir die Furcht, auch ich fühle mich ihnen nahe, auch ich will sie berühren, ihre strahlende Haut.

Manchmal kreuzen unsere Wege die einer anderen Gruppe. Heute sehe ich Wilhelm, er steht zwischen den Domen am Gendarmenmarkt und erzählt etwas über Migration und wie die Stadt nicht überlebt hätte ohne Einwanderer. Hugenotten. Während sein Übersetzer übersetzt, hat er einen Augenblick, um mir zuzugrinsen.

Mittags lassen wir uns nieder für ein *Picknick*. Fünf Dienstfertige erwarten mich und meine Gruppe auf der Fischerinsel. Sie haben bunte Tücher auf dem Gras ausgebreitet und allerlei darauf angerichtet, silberne Schüsseln mit Früchten, Nüssen, Gebäck. Sie haben Wasser aus dem Fluss geschöpft und füllen unsere Becher, während wir essen. Die Übersetzer essen nicht.

Die Fremden scheuen vor den Übersetzern zurück. Ich weiß nicht, ob aus Ekel, Angst oder Höflichkeit. Sie weichen ihnen aus, ohne hinzusehen, und sie vermeiden den Blick ins Visier.

Aus technischer Sicht müsste sich das Übersetzen auch anders lösen lassen. Sogar vom Schiff aus. Wir hören die Stimmen der Übersetzer ja über das Ohrstück. Die Fremden tragen ebenfalls Ohrstücke. Wenn es nur um die Kommunikation ginge, wäre es nicht nötig, dass die ganze Zeit ein Übersetzer dabeisteht. Es muss also um Kontrolle gehen, sagt Friedrich. Wahrscheinlich sind sie bewaffnet, sagt Friedrich.

Vielleicht, denke ich. Vielleicht sind sie bewaffnet. Vielleicht zu unserem Schutz, denke ich. Die Fremden können manchmal zudringlich werden, manchmal sind sie so bewegt, dass sie den Abstand vergessen.

Ich kann mich an meine Ankunft nicht erinnern.

Meine Erinnerungen setzen erst in der Festung ein. Vielleicht kannte ich die Übersetzer ja auch schon früher. – Aber wäre ich dann so erschrocken? Vielleicht. Vielleicht hat mich nur die Unsichtbarkeit erschreckt. Vielleicht kannte ich sie einmal ohne Visier.

»Ich will auch so einen Metaanzug«, sage ich. Martin übersetzt, die Fremden lächeln und nicken. »Dann könnte ich mich unsichtbar machen und mit euch gehen«, sage ich. Die Fremden warten auf die Übersetzung, dann lächeln sie und nicken. »Du übersetzt nicht, was ich sage, oder?«, frage ich. »Ich übersetze, was du meinst«, sagt Martin, »sodass sich der Sinn mitteilt, nicht jeder Witz ist wörtlich übertragbar.«

»Ich mache keine Witze«, sage ich. Martin lacht.

XVIII

Zuerst höre ich es gar nicht selbst. Ich merke nur, dass etwas nicht stimmt, weil Martin so verzögert reagiert.

Wir stehen vor der instand gehaltenen Ruine im Westen. Ich erzähle, wie die Menschen, die hier wohnten, gegen den Bau dieser Kirche protestierten und dann, sechsundsechzig Jahre später, als sie abgerissen werden sollte, für ihren Erhalt.

»Denkmal«, sage ich, »Krieg«, sage ich, »Frieden«. Die Fremden nicken nicht.

Ich erzähle, dass die Alten die Glocken aus Kriegswaffen gemacht haben, eingeschmolzen, umgegossen, erzähle, wie die Wölfe im Zoo heulten, als diese Glocken zum ersten Mal läuteten. Dass beim übernächsten Krieg die Glocken wieder zu Waffen geschmiedet wurden. Die Fremden nicken nicht, und sie lächeln nicht. Manche murmeln etwas, ihre Blicke streifen herum.

»Martin?«

»Ja. Ich bin da.«

»Martin, was ist los?«

»Es ist nichts, es ist gut.«

»Übersetzt du?«

»Ja. Ich übersetze.«

Jetzt scheint er tatsächlich zu den Fremden zu sprechen, sie bringen ihre Gesichter unter Kontrolle, sie sehen mich an und nicken.

Ich pausiere meine Erzählung, damit Martin Zeit hat, seine Übersetzung nachzuholen, und da höre ich es, entfernt, aber deutlich: Rufe in der Sprache der Fremden, sie werden lauter, nähern sich aus östlicher Richtung, vom Generalszug her. Dort ist Wilhelm mit seiner Gruppe unterwegs. Geschrei, die Stimme einer Frau, schnelle Schritte, dann Rufe aus vielen Kehlen.

»Martin, was ist das?« Martin schweigt.

Die Fremden reißen die Augen auf, manche auch die Münder, ich drehe mich um und sehe, was sie sehen.

Eine der Fremden rennt auf uns zu, ihr Haar gelöst und wirr im Wind, im Laufen reißt sie sich das Gewand vom Leib, nackt läuft sie weiter, auf der Innenseite des Stoffes wird eine Schrift sichtbar, ich kann nicht lesen, was da steht. Die Frau ruft etwas, hinter ihr der Rest der Gruppe und Wilhelm, der auch ruft: »Halt!«

Die Fremden murmeln, Martin schweigt.

Die Frau läuft weiter, direkt auf mich zu, sie muss ungefähr in meinem Alter sein, sie ist ein wenig größer als ich, sie sucht meinen Blick, ihre Augen sind fast schwarz, weit aufgerissen, sie breitet ihr Gewand vor ihrem Körper aus, mit der Schrift nach außen.

Ich kann diese Schrift nicht lesen, nicht einmal Buchstaben identifizieren, es sind andere Zeichen als die, die uns die Alten überliefert haben. Schön sieht die Schrift aus, die Schwünge umschlingen sich. Zwei große Ausrufezeichen kann ich erkennen, sonst nichts.

Die Fremde sieht mir direkt in die Augen, sie hält weiter ihr Gewand mit der Schrift und ruft. Es sind immer wieder dieselben Worte, ich kann sie nicht verstehen. Ich glaube, meinen Namen herauszuhören. Aber vielleicht sind es nur die Silben, Lo-La, das ist eine ganz einfache Kombination, die es sicher auch in der Sprache der Fremden gibt. Was sagt sie?

»Martin, was sagt sie?« Martin schweigt.

Die Fremde steht jetzt direkt vor mir, eine Sekunde, zwei, dann umringen sie die anderen, meine Fremden und Wilhelms, weiße Gewänder. Sie schirmen die Nackte vor mir ab, aber sie berühren sie nicht, die Nacktheit lässt sie Abstand halten. Jemand entreißt ihr den Stoff, sie ruft weiter, immer weiter, immer lauter, schreit. Lo. La.

Wilhelm hat sich neben mich gestellt, er legt seinen Arm um mich. »Alles klar?« Ich nicke. Ich schüttle den Kopf.

Die Nackte schreit noch einmal die Worte, dann einen langen, wütenden Laut, heiser schon, dann verstummt sie und wirft sich gegen den Ring aus Körpern und Gewändern, sie stößt und tritt, stöhnt dabei, und tatsächlich, die anderen Fremden weichen zurück, und die Nackte rennt los, über den Platz.

Ihr Kopf dreht sich fast unmöglich weit, hin und her, von drei Seiten kommen Dienstfertige herbei, sie bewegen sich beinahe lautlos, zügig, aber ohne Hast. Die Nackte rennt. Einmal noch blickt sie sich um, sie sieht Wilhelm an, dann mich, auch ihren Blick kann ich nicht lesen, dann rennt sie weiter, die Dienstfertigen folgen ihr. Es sind viele, vielleicht dreißig oder vierzig, niemand spricht.

Die Fremden sammeln sich um Wilhelm und mich, sie sehen uns an, murmeln, schweigen, sie erwarten, dass wir etwas sagen, auch Martin ist nun wieder in meinem Ohr.

»Es ist gut«, sagt er, »es ist gut, schöne Heilige. Bitte verzeih diese Lästerung. Du wirst nun nicht mehr gestört werden. Erzähle. Erzähle von den Glocken, erzähle von den Wölfen, vom Frieden.«

Alle Blicke auf mir. Ich löse mich aus Wilhelms

Arm und nehme seine Hand. »Komm«, sage ich. Wilhelm senkt den Kopf und kommt.

Wir laufen den Dienstfertigen hinterher. Sie verfolgen die Flüchtige, geben sich aber keine Mühe, sie einzuholen. Sie haben die Frau im Blick, wie sie Richtung Kanal rennt, wie sie die Brücke überquert.

Die Fremden folgen Wilhelm und mir, auch wir überqueren die Brücke, laufen weiter, und gemeinsam beobachten wir, wie erst die Nackte, dann die Dienstfertigen im großen Garten verschwinden.

Als wir den Rand des Gartens erreichen, sind sie im Unterholz nicht zu entdecken. Ein paar Meter wage ich mich ins Gehölz, die anderen warten auf dem gesicherten Weg, Martin schweigt, ich sehe mich um, aber das Dickicht verbirgt alles. Wind in den Blättern. Die Baumwipfel rauschen. Hier und da höre ich ein Knacken, doch das könnte auch von Tieren kommen. Irgendwo links flattert ein Vogel auf, ich höre das Flügelschlagen. Meine eigenen Schritte rascheln und knacken. Entfernt ein Specht. Zweige streifen mein Gesicht. Wir sollen das ungesicherte Gebiet meiden. Und anders als im Winter sind die Regeln zu beachten.

»Lola«, ruft Wilhelm, ich habe noch nie Angst in seiner Stimme gehört, »Lola, bitte!« Ich kehre um.

Am Abend wird Friedrich behaupten, Schüsse gehört zu haben.

XIX

Ich habe Schüsse gehört.«

Wilhelm und ich haben die anderen mit dem Echo zur Kerninsel gerufen. Sie sind alle gekommen, mit besorgten Gesichtern.

Die Fremden und die Übersetzer sind wieder auf dem Schiff, unsere Ohrstücke haben wir abgelegt. Was mit den Dienstfertigen und der Nackten ist, wissen wir nicht. »Sorge dich nicht«, mehr hat Martin nicht gesagt.

Wir haben ein Feuer im Lustgarten gemacht und sitzen drum herum. Über uns Vollmond und über den Büschen Glühwürmchen. Es ist ein bisschen wie früher.

»Ich habe Schüsse gehört«, Friedrich beharrt darauf.

Erwähnt hat er das allerdings erst, nachdem Wilhelm und ich erzählt hatten, was passiert ist. Und wir wissen alle, wie Friedrich ist. Er dramatisiert. Er sucht Beweise für seine Theorien. Kassandra und so weiter.

Ich habe nichts gehört, und ich war näher dran. Ich wüsste auch gar nicht, wie ein Schuss klingt. Und woher sollte Friedrich das wissen? Das könnte sonst was gewesen sein. Vielleicht ist etwas im ungesicherten Gebiet eingestürzt. Das passiert manchmal, und dann kracht oder knallt es eben.

Else ist ganz meiner Meinung. »Ich glaube nicht, dass die Dienstfertigen bewaffnet sind. Und überhaupt, warum sollten sie denn eine nackte, unbewaffnete Frau erschießen? Noch dazu, wenn sie dreißig oder vierzig Leute dahatten. Sie werden sie beruhigt und aufs Schiff eskortiert haben.«

Else nickt Friedrich zu, aber er hört nicht auf. »Es ist doch ganz offensichtlich, dass sie uns warnen wollte! Sie wurde verfolgt. Und ich weiß, was ich gehört habe. Das können nur Schüsse gewesen sein. Das müssen wir doch ernst nehmen. Was braucht es denn noch, damit ihr das endlich ernst nehmt, sie wollte uns warnen, es war eine Nachricht an uns, sie hat *Lola* gerufen.«

»Ja«, sage ich, »die Silben kamen vor. Aber ob das eine Warnung sein sollte, können wir nicht wissen.«

Alexander nickt. »Es muss ja auch nicht alles immer etwas bedeuten. Vielleicht ist sie durchgedreht. Und natürlich haben sie dafür zu sorgen, dass sie die Stadt verlässt bei Sonnenuntergang, wie alle anderen auch. Wenn man es so sieht, ist nichts Dramatisches dabei. Es kommt ja immer mal wieder vor, dass die Fremden sich in uns verlieben. Es könnte auch eine verrückte Zuneigungsbekundung gewesen sein, das kennen wir doch.«

Er lacht, Else stimmt ein. »Was immer Lola will, Lola kriegt's«, singt sie, der Rest geht in ihrem Gelächter unter.

»Vielleicht haben sie die Nackte auch gar nicht gefunden«, sage ich. »Sie könnte sich im Dickicht verborgen haben. Vielleicht ist sie nicht auf dem Schiff, vielleicht ist sie noch im großen Garten.«

Vielleicht sucht sie die alte Lola, denke ich. Vielleicht ging es um sie. Oder um uns beide. Vielleicht hat Friedrich recht. Vielleicht weiß Wilhelm mehr als wir anderen, sein Gesicht leuchtet vom Feuer.

»Warum hast du mich zurückgerufen, als ich in den Garten gegangen bin?«

»Du bist in den Garten gegangen?« Else reißt die Augen auf. »Du bist vor den Fremden und Übersetzern ins ungesicherte Gebiet gegangen?«

»Nur ein paar Meter«, sage ich, »dann hat Wilhelm gerufen. Warum hast du mich gerufen?«

Wilhelm stochert mit einem Stock im Feuer herum. Er zuckt mit den Schultern, dann blickt er auf, sein Gesicht flackert, er sieht Friedrich an, dann mich. »Ich hatte Angst um dich.«

Friedrichs Blick krallt sich an Wilhelm fest und lässt nicht von ihm ab. »Gibt es nicht noch etwas, was du uns erzählen willst? Was ist denn vorher passiert? Die war doch in deiner Gruppe.«

»Nichts ist passiert. Sie ist mitgelaufen, hat zugehört, wie alle anderen auch, und dann hat sie auf einmal angefangen zu schreien.«

Else seufzt. »Uns kannst du es doch sagen. Hast du ihr schöne Augen gemacht? Hast du sie geküsst? Oder mehr? Vielleicht hat sie das aufgewühlt?«

Wilhelm wirft den Stock ins Feuer. »Nein.«

Den Fremden ist es nicht erlaubt, uns zu berühren. Wilhelm lädt trotzdem manchmal dazu ein. Während der Rest seiner Gruppe sich etwas anschaut, wirft er einem schönen Mann oder einer schönen Frau seinen Blick zu, und dann verschwinden sie unbemerkt im Schatten einer Nische oder hinter einer Tür. Für den Rest ihrer Zeit in den Mauern haben diese Fremden dann ein Leuchten im Blick, wenn sie ihn ansehen. Die Übersetzer schweigen dazu.

»Es ist nun mal auffällig, dass das ausgerechnet bei dir passiert ist«, sagt Else, »das musst du doch zugeben.«

Zugeben, denke ich, meine Güte, nur weil Wilhelm etwas macht, was ihr euch nicht traut. Gleich fängt Friedrich noch mit seiner Spitzeltheorie an.

»Selbst wenn«, sage ich, »verstehe ich nicht, was das mit dem Zwischenfall zu tun haben soll.«

Ich nehme Wilhelms Hand, Friedrich sieht das und nickt.

»Das Allermerkwürdigste war, wie sich die Dienstfertigen bewegt haben«, sage ich. »Das sah aus wie eine tausendmal geübte Choreografie, als ob sie einem festen Protokoll folgen. Und wo sind die auf einmal alle hergekommen?«

»Vielleicht war das auch eine Inszenierung.« Friedrich spricht langsam, es ist ein neuer Gedanke, er muss ihn sich erst zurechtlegen. »Das alles, die Nackte, die Rufe, die Dienstfertigen, die Schüsse, vielleicht haben sie das, na ja, *aufgeführt,* um ihre Macht zu demonstrieren. Um zu zeigen, dass sie reagieren können, wenn etwas passiert, dass sie uns in den Griff kriegen, falls wir auf dumme Gedanken kommen.«

Wir schweigen. Nicken. Wiegen die Köpfe. Warum sollten wir auf dumme Gedanken kommen? Das ergibt keinen Sinn. Und überhaupt, dann könnten sie uns ja auch einfach fluten. Wir stochern im Feuer herum, Funken fliegen. Wenn sie uns behalten wollen, können sie uns nicht fluten. Wenn sie den Ort behalten wollen, können sie uns nicht fluten.

Später liegen wir alle zusammen unter der Rotunde im Alten Museum. Wir haben ein gemeinsames Schlaflager improvisiert, aus den Nischen sehen verschiedene Götter auf uns herab. Es könnte wie früher sein, denke ich. Wolfsrudel, denke ich.

Wir schweigen. Unsere Atemzüge gleichen sich einander an, wir sind ein einziges großes Tier.

Ich wache davon auf, dass sich etwas Dunkles über mich beugt. Es ist Friedrich, hinter ihm, über dem Fenster der Kuppel, der Mond.

»Komm«, flüstert Friedrich.

Wir setzen uns draußen zwischen zwei der Säulen. Die Luft ist warm.

»Du hast mich erschreckt«, sage ich.

»Ich bin nicht der, vor dem du Angst haben solltest, Lola.« Friedrichs Blick lässt mich nicht los.

Wir schweigen und sehen uns an, bis ich es nicht mehr aushalte. »Dann mach mir eben keine Angst«, sage ich.

Friedrich nickt. Ich rücke zu ihm hinüber, lehne meinen Kopf an seinen Hals. Ich küsse die Mondnarbe. Friedrich umarmt mich, seufzt und küsst meinen Scheitel.

Am nächsten Tag sind es wieder einhundert Fremde, aber die Frau ist nicht mehr dabei. Sie müssen sie ersetzt haben.

Das Programm geht weiter. Die Fremden nicken mit ihren schönen Gesichtern. Haben sie Ersatzleute dabei? Oder haben sie eine Dienstfertige in ein weißes Gewand gesteckt? Vielleicht tauschen sie manchmal die Rollen. Ich habe mir immer ein fest vorgegebenes System vorgestellt, das auch außerhalb der Mauern Bestand hat, aber vielleicht losen sie die Rollen einfach aus, bevor sie zu uns kommen.

Wir suchen die Gesichter ab. Sie sehen sich so ähnlich. Vielleicht kann Wilhelm erkennen, wer die Neue ist? Sie war in seiner Gruppe. Wilhelm schüttelt den Kopf.

»Was habt ihr mit der Frau gemacht?«

»Sorge dich nicht«, sagt Martin, »alles ist gut. Du darfst Vertrauen haben, schöne Heilige. Vertraue in die Ordnung, denn du selbst bist die Ordnung. Du trägst alle Ordnung und alles Wissen in dir.«

XX

Unsere Heiligkeit geht mit Wissen einher. Nur wir haben Zutritt zur Staatsbibliothek. Wir bemühen uns zu behalten, was in den Schriften steht.

Auswendiglernen. Auswendig kommt nicht von *Wand*, sondern von *wenden*.

Du sollst *wendig* sein.

Sieh nur, sieh! wie behend sich die Menge
Durch die Gärten und Felder zerschlägt,
Wie der Fluß, in Breit' und Länge,
So manchen lustigen Nachen bewegt,
Und bis zum Sinken überladen
Entfernt sich dieser letzte Kahn.

Ein Nachen ist ein Boot. Ein kleines Boot, *poetisch*. In der Bibliothek gibt es Lexika. Goethe war *Poet*. Der Poet war nur einmal in dieser Stadt.

Die Nacht hat zwölf Stunden, dann kommt schon der Tag. Brecht war *Dramatiker*. Der Dramatiker lebte in der Stadt. Sein Grab ist instand gehalten.

Der Fluss strömt an beiden Seiten durch die Mauer hindurch. Inwändig/auswändig. Auswändig liegt der Ozean. Das Wasser des Ozeans ist salzig, sagen sie. Das Wasser des Flusses können wir trinken. Wie das möglich ist, weiß ich nicht.

Unsere Heiligkeit geht mit Unwissenheit einher. »Im Paradies ist das so«, sagt Martin, »sonst ist es nicht das Paradies. Du gehörst zu den Glücklichen, Lola. Vergiss das nicht.«

Ich vergesse das nicht. Inwändig nicht und auswändig nicht.

Ich versuche, gar nichts zu vergessen. Ich versuche, das heilige Gefäß zu sein, das ich sein soll. Liebe und Wissen halte ich in mir. Ihr dürft glauben, ihr dürft hoffen, denn ich bin hier.

Ich habe den großen Globus im Zeughaus gesehen. Der Globus hat ein Einschussloch, wo einst Europa gewesen sein muss.

Wir wissen nicht, was geschehen ist zwischen der Alten Zeit und uns. Die Aufzeichnungen im Archiv reichen nicht bis zum Bau der doppelt beringten Festung. Wir singen vage von der großen Flut. *Es bersten die Straßen.* Aber wir wissen nichts Genaues. *So seht dort die fünf, denen Rettung gewährt.* Die fünf, das sind wir. Aber wer hat uns Rettung gewährt? Wir selbst? Die Fremden? Wir wissen so wenig.

Die Fremden könnten auf ihren Schiffen leben. Auf Raumschiffen. Auf fernen Planeten. Schon die Alten haben darüber nachgedacht, den Mars zu besiedeln. Ich stelle mir den Mars vor, roter Sand. Ich stelle mir prächtige Wüstenstädte vor, Türme mit goldenen Kuppeln. Ich stelle mir Dörfer vor, weiß gekalkte Häuser, würfelförmig, um einen kleinen Platz gruppiert. Gibt es Kalk auf dem Mars? Gibt es Gold?

Ich kann mir vorstellen, was ich will.

Natürlich ist es unwahrscheinlich, dass die Fremden auf dem Mars leben. Glaubhafter ist, dass sie auf der Erde Kontinente vor der Flut bewahrt oder nachträglich trockengelegt haben. Friedrich hat es mir vorgerechnet. Er hat mir die Weltkarten im Archiv gezeigt, hat mir die Höhenlinien gezeigt, zehn Meter über null, dreißig, sechzig, achtzig, hundert. Friedrich hat mir die Antarktis auf den Karten gezeigt. Eisschilde. Schmelzwasser. Er hat das Volumen ausgerechnet.

Friedrich, wie er auf der Weltkarte herumtippt. Wie er auf Afrika zeigt: »Die Wiege der Menschheit, Lola.« Er geht davon aus, dass die Fremden Afrika trockengelegt haben. Vielleicht auch noch Ostasien. Durch die Trockenlegung dieser Gebiete sei der Wasserspiegel auf dem Rest der Erde noch weiter angestiegen. Friedrich glaubt, dass die Fremden diese Maßnahmen schon vor der großen Flut ergriffen haben, in Erwartung der Katastrophe. Er glaubt, dass die Fremden die Doppelmauer um die Stadt errichtet haben. Vielleicht gibt es noch andere bewahrte Orte, denke ich. Rom. Paris. Venedig. New York. Ich habe Bilder gesehen.

Friedrich glaubt, dass die Fremden uns gerettet haben. Dass sie uns zu ihren Heiligen gemacht haben, um uns zu kontrollieren und anzubeten. »Die Fremden entscheiden selbst, wen sie anbeten, Lola. Sie entscheiden, wen sie versorgen und wen sie fluten.«

Der Ort und seine Zeremonien lassen die Vermutung zu, wir seien die direkten Nachkommen der Alten. Sie lassen die Vermutung zu, die Fremden seien die Nachkommen derer, denen kein Zugang zu den Festungen der Alten gestattet war.

Friedrich glaubt daran. Er glaubt, die Fremden haben diesen Ort bewahrt und kommen, um die Wunden ihrer Ahnen zu verstehen und zu heilen. Sie reinszenieren die Geschichte als Fest, reisen an, reisen ab.

Mir leuchtet das nicht ein. Mir leuchtet nicht ein, warum sie uns anbeten sollten, wenn es so ist.

Sie geben uns ihre Anbetung, weil sie glauben, wir bräuchten das, meint Friedrich. So wie sie uns Essen geben. »Sie glauben, so unserem Naturell gerecht zu werden. Und du musst bedenken, dass sie das jederzeit sein lassen können. Und dann kippt das ganze System. Dann fluten sie uns. Aus Rache.«

Ich weiß nicht. Friedrichs Behauptungen sind nichts als Mutmaßungen. Die Fremden könnten genauso gut die Nachkommen der Alten sein. Sie könnten uns bewahrt haben und diesen Ort, um sich an ihre Herkunft zu erinnern. Das würde die Sehnsucht erklären und die Verherrlichung.

Wilhelm sagt: »Du kannst dir vorstellen, was du willst.« Vielleicht haben sie uns erfunden, denke ich.

XXI

Von mir wollen sie immer, dass ich die Lippen leicht öffne. Nur ganz leicht, bitte. Es soll nicht aussehen, als ob ich etwas sage. Eher, als ob ich etwas sagen will, dann aber stumm bleibe. Nicht lächeln. Den Blick bitte direkt auf uns. Die Brauen bitte ein wenig zusammenziehen. Nein, nur ein wenig, bitte. Der Blick noch intensiver. Aber nicht so böse, bitte. Verletzt. Noch verletzter. Martin übersetzt das alles. Ja, schön, wunderschön. Ach. Jetzt so bleiben, bitte.

Den gesamten vorletzten Tag der Fremden verbringen wir mit Portraitstudien auf der Freiheit. Alle zwei Wochen geht das so, den ganzen Sommer lang. Die Freiheit ist die beste Kulisse. Im Hintergrund wahlweise Büffel oder Mauer.

Es sieht lustig aus, wie sie alle dastehen mit ihren Strohhüten und ihren Staffeleien, konzentriert, als wäre das eine Prüfung. Dazu spielt die ganze Zeit ein kleines Orchester aus Dienstfertigen. Geigen über Geigen.

Sich ein Bild von uns zu machen ist einer der Höhepunkte für die Fremden in den Mauern. Ich glaube, manche kommen nur dafür. Im Grunde könnten sie ja auch einfach Reproduktionen der Bestandsgemälde kopieren. Ich vermute sogar, dass sie zu Hause, wo immer das ist, auf diese Weise geübt haben, denn die Skizzen, die sie anfertigen, sehen sich sehr ähnlich, sie sehen allesamt aus wie Vorzeichnungen für Gemälde, die es schon gibt. Wir auf dem Pferd, neben dem Pferd, wir allein, stehend, sitzend, in Goldkleidern, in Büffelleder, am liebsten in Büffelleder, das steht uns so gut. Wir sind so natürlich. So schön.

Ich schiele zu Else hinüber, sie soll lächeln, wie immer soll sie lächeln. »Mehr strahlen, bitte! Ja, schön! Noch mehr! Noch mehr Zähne zeigen, bitte!«

Unter dem Leder stellen sie sich unsere heiligen Körper vor. Das müssen sie ja, sonst können sie uns nicht zeichnen. Es ist ihnen verboten, uns zu berühren, aber in ihren Bildern besitzen sie uns, und diesen Triumph können wir in ihren Gesichtern sehen. Wenn sie merken, dass wir sie dabei ertappen, lachen sie und senken die Lider. Ihr seid schön, denke ich. Vielleicht seid ihr weder die Nachkommen der Alten noch derer, die an ihren Festungen gescheitert sind. Vielleicht seid ihr etwas

Neues, denke ich. Eine Verbindung aus beidem, aus allem.

»Jemand sollte auch sie malen«, sage ich zu Martin.

»Das musst du nicht, gesegnete Lola, denn du bewahrst alles Wissen und alle Bilder in dir.«

Alexander und Wilhelm stehen breitbeinig und blicken nach rechts, rechts ist die Zukunft, Haare und Blick sind wild, bei Wilhelm noch etwas wilder als bei Alexander.

Friedrich sitzt im roten Mantel in einem Lehnstuhl, die Augen leicht zusammengekniffen, blickt er nach links. Links ist die Vergangenheit. *Oh, sein weiser, strenger Blick, ach, sein Wissen, ach, welche Last!*

Zum Schluss dann das Gruppenbild, der Himmel nun schon mit einer Ahnung von Gelb, wenn man genau hinsieht. Blick in die Ferne, Wind im Haar. Wild, edel und frei.

Wir sind frei. Die Mauer schützt uns. Die Scharfschützen schützen uns. Und so weiter.

Das Orchester spielt, bis der Himmel sich wirklich gelb färbt, dann drängen die Übersetzer zum Aufbruch, schnell, schnell, bevor die Sonne untergeht, müssen sie alle auf dem Schiff sein, schnell!

Sie sammeln ihre Utensilien zusammen, Staffeleien, Hüte, Pinsel, Geigen, schnell, schnell, der

Marsch dauert zweieinhalb Stunden! Else überreicht den Fremden kleine Päckchen, in Seide verpackt, die Fremden nehmen sie, ohne Else zu berühren. Sie verneigen sich, küssen die Geschenke, fallen auf die Knie, Else strahlt, die Übersetzer mahnen noch einmal zur Eile, schnell, bevor die Sonne sinkt! Schnell, morgen ist der große, der letzte Tag!

XXII

Am letzten Tag ist es nur ein kurzer Weg für die Fremden, denn wir führen sie direkt von der Schleuse in den Bunker. Wir führen sie durch die Gänge, schweigend, vorbei an den Einschusslöchern, wir sprechen nicht mehr von den großen Kämpfen, wir haben alles gesagt, wir führen sie Treppen hoch, Treppen hinunter, immer tiefer in den Bauch des Baus, hinein in die dunkle Stille.

Jetzt befinden wir uns in einer Halle, groß genug, die hundert Fremden zu fassen, die Dienstfertigen, die Übersetzer und uns, klein genug, um sich nicht auszuweichen. Hier unten vergisst du die Zeit, vergisst den Tag. Niemand spricht ein Wort, wir nicht, die Fremden nicht, die Übersetzer nicht und nicht die Dienstfertigen. Wir stehen nur da und atmen. In der Mitte Friedrich, Wilhelm, Alexander, Else und ich, um uns herum dicht an dicht die Fremden. Die Dienstfertigen und auch die Übersetzer halten sich am Rand.

So nah waren uns die Fremden noch nie, nichts

steht mehr zwischen uns. Wir können sie riechen, sie können uns riechen. Manche schließen die Augen. Wir warten. Wir warten und atmen. Atmen, bis unser Atem synchron ist. Der Atem eines riesigen, schlafenden Büffels. Wir lauschen. Wir warten. Dann hebe ich die Arme, und die Musik beginnt.

Der Rhythmus übernimmt erst unsere Atemfrequenz, dann wird er schneller, dazu die Lichter, die Masse fängt an, sich zu bewegen.

Ich weiß nicht, ob die Fremden dort, wo sie leben, solche Musik haben.

Zuerst sieht es so aus, als ob sie nur so tun. Als ob sie nur spielen, dass sie tanzen, als ob es mehr darum geht, uns zu beobachten. Das führt dazu, dass wir ebenfalls nur so tun, damit sie etwas zu sehen bekommen. Aber wir wissen auch, das ist nur die erste Phase, es ist bei jedem Abschied so, alle zwei Wochen, wir müssen einfach nur weitertanzen, dann löst sich das auf, dann löst sich alles auf.

Die Lider der Fremden beginnen zu zittern, ihre Gesichter glänzen, ihre Münder, ihre Gliedmaßen zucken im Licht. Wenn sie die Köpfe hin- und herwerfen, trifft mich manchmal ein Schweißtropfen.

Die Übersetzer schweigen zu alledem.

Den Fremden ist es verboten, uns ohne Übersetzer anzusprechen. Noch verbotener ist es, uns zu berühren.

Die Übersetzer schweigen.

Die Dienstfertigen verteilen Getränke und Handschuhe an die Fremden und tropfen uns heiliges Öl auf die Zunge. Auch wir schwitzen. Die Übersetzer flackern am Rand und schweigen.

Wir müssen uns einfach nur in den Rhythmus hineinlegen, müssen einfach nur weitertanzen, dann verschwimmt alles.

Wir sind heilig, wir sind unberührbar, wir verschwimmen, die Fremden verschwimmen, sie tragen Handschuhe, ich kann sehen, dass sie schreien oder weinen, aber ich höre sie nicht.

Sie greifen nach uns mit ihren Handschuhen, sie heben uns in die Höhe und tragen uns, zweihundert Hände lassen uns schweben, im Augenwinkel sehe ich Else, sie hat einen Schuh verloren, sie reißt den Mund auf, vielleicht lacht sie.

Es sind nur Handschuhe, es sind gar keine Berührungen.

Dann ist Wilhelm neben mir, er nimmt meine Hand, nimmt mich in die Arme und stellt mich auf den Boden, hält mich einen Augenblick, sein Atem so nah, sein Mund, ein Kuss, die Fremden schreien oder jubeln, ich kann das nicht hören, Wilhelm hält meinen Kopf in den Händen, er sagt etwas, fragt etwas? Ich nicke, da lässt er los, lässt sich von den Handschuhen wegziehen.

Ich schließe die Augen und lasse mich fallen, jemand fängt mich, trägt mich, das sind gar keine Berührungen, dann stehe ich wieder, tanze, als ich die Augen öffne, sehe ich Friedrich, um ihn herum ein Kreis aus wogenden Nofreteten, ihre Handschuhe auf seinem Gesicht, seiner Brust, er lacht, im Hintergrund Alexander, eine Gruppe Männer wirft ihn in die Luft und fängt ihn wieder auf, wieder und wieder, er reißt die Arme hoch, ich kann sein Gesicht nicht sehen.

Handschuhe umfassen meine Knie, zu meinen Füßen ein Fremder, er weint und spricht, er spricht und spricht, vielleicht beichtet er, ich strecke meine Hand nach ihm aus, aber er weicht zurück, so viel Vernunft hat er noch, verboten, er weicht zurück, er weint und weint, seine Augen leuchten so seltsam, dann lässt er los, steht auf, verbeugt sich vor mir und verschwindet in der Menge. Vielleicht war es der Fremde vom Kreuzberg, ich weiß es nicht, ich habe sein Gesicht schon vergessen.

Morgen habe ich sie alle vergessen.

XXIII

Der Rave ist nur ein Ersatz. Ein Ersatzrausch. Wir können nicht jede Gruppe mit einem Blutfest verabschieden. Aber den letzten Abschied vor dem Winter begehen wir, wie die Alten ihn besungen haben.

Die Nacht davor verbringen wir bei den Büffeln auf der Freiheit. Das ist kein geschriebenes Gesetz, das machen wir einfach, jedes Jahr. Wir haben sie mit den Pferden vor dem östlichen Hangar zusammengetrieben. Es sind acht Kühe, fünf Bullen und sechs Kälber. Morgen wird es ein Bulle weniger sein. Else hat Blumen gesammelt, damit schmücken wir seine Hörner, wir streicheln ihn und singen für ihn.

Später legen wir uns zu den Tieren ins Stroh, auch die Büffel und die Pferde legen sich nach und nach hin, sie vertrauen uns, nur Alexanders Stute bleibt stehen und hält Wache über uns alle.

Kurz nach Sonnenaufgang beginnen alle Kirchenglocken im instand gehaltenen Gebiet zu läuten, das soll uns wecken und in den letzten Sommertag geleiten, aber wir sind schon vorher wach, niemand schläft so richtig in der Nacht vor dem Blutfest.

Drei Stunden lang läuten die Glocken, das machen die Dienstfertigen, sie sind also schon in den Mauern, die Fremden sind schon auf dem Weg.

Wenn das Geläut verklungen ist, strömen die Fremden von Norden her auf die Freiheit, hundert leuchtende Gesichter, hundert weiße Gewänder im Wind.

Heute Nachmittag werden die Gewänder rot sein.

Da, wo die Fremden leben, wo immer das ist, essen sie kein Fleisch. Fleisch ist tabu. Fleisch ist heilig. Fleisch gibt es nur bei uns und auch hier nur einmal im Jahr, zum Saisonende.

Die Dienstfertigen haben sich mit dem Rücken zu uns in weitem Abstand in einer Reihe aufgestellt und halten ein rotes Band vor sich im Wind, das ist die Markierung, die Fremden müssen dahinter bleiben, auf dem Asphalt, sie sehen zu, wie wir uns mit den Tieren auf dem Gras bewegen. Auch die Übersetzer halten Abstand, nichts soll die Tiere beunruhigen.

Es beginnt damit, dass wir den Opferbullen von der Herde trennen. Ich lege ihm den Strick um, ruhig, so wie wir ihn gestern Abend mit Blumen geschmückt haben, er schnaubt leise und freundlich, er kennt uns ja, heute Nacht lagen wir dicht an dicht. Ich bleibe an seinem Kopf stehen, das war mein Sommer, also ist das meine Aufgabe, ich füttere den Büffel mit Blumen und Klee, ich rede mit ihm, »sei ruhig, mein Freund, es gibt keine Vergangenheit, es gibt keine Zukunft, es gibt nur diesen Moment, sei ruhig, du lebst, dir schmeckt der Klee, es gibt keine Vergangenheit, es gibt keine Zukunft«, der Büffel kaut und blinzelt, während Friedrich das Ende des Stricks nimmt und ihn an den Pflock bindet.

Der Bulle lässt sich von mir zwischen den Hörnern streicheln, sein Fell ist schwarz und dicht, ich bin da, die Herde ist da, meine Stimme ist sanft, unsere Bewegungen sind ruhig, alles ist gut, den Strick beachtet er gar nicht.

Ist das Anbinden geschafft, folgt die Trennung. Der Trick ist, nicht den Opferbullen von der Herde wegzuführen, sondern die Herde von ihm.

Ich bleibe bei ihm, ich streichle seinen Kopf, ich rede mit ihm, es gibt nur diesen Moment, nur diesen Moment, auch mein Pferd bleibt bei uns, ein ähnlich großes Tier, das hilft, wir bleiben stehen in diesem Moment und im nächsten Moment, immer nur jetzt, und es ist gut, und ich streichle und rede, Klee und Blumen, während die anderen sich auf ihre Pferde schwingen und die Büffelherde auf die Rückseite des Flughafengebäudes treiben.

Als sie zurückkommen, haben sie das Messer und die silbernen Schüsseln dabei.

Es ist wichtig, meinen Puls ruhig zu halten. Mein Puls überträgt sich auf den Büffel. Mein letzter Sommer ist fünf Jahre her, es ist nicht so, dass ich das hätte üben können, nicht richtig, in der Theorie ist es nicht dasselbe. Ich muss ruhig bleiben.

»Martin?«

»Ja. Ich bin da. Ich bin bei dir, schöne Heilige.«

»Martin.«

»Es gibt nur diesen Moment. Hier und jetzt. Ich bin bei dir.«

Die Dienstfertigen werfen das rote Band in den Wind, sie übernehmen die Pferde und führen sie auf die weiten Wiesen im Südosten der Freiheit.

»Du machst das gut, Lola. Hier. Und jetzt.«

»Du machst das gut, mein Büffel. Hier und jetzt.«

Der Bulle blinzelt und atmet immer noch ganz ruhig. Friedrich hat mir erklärt, Tiere hätten kein Bewusstsein für die eigene Sterblichkeit. Ich weiß nicht, ob das stimmt. Ich weiß nicht, wie sie das herausgefunden haben wollen.

Ein paar Hundert Meter weiter galoppieren frei die Pferde. Sie blicken nicht zu uns zurück.

»Das Messer ist scharf. Es wird nicht wehtun.«

Meine Gedanken haben Martins Stimme. Woher wollen meine Gedanken wissen, ob das wehtut? Martin kann das nicht wissen. Ich kann das nicht wissen.

Else, Alexander, Friedrich und Wilhelm treten zu mir, zum Büffel, sie summen die alte Sommermelodie, auch ich summe mit, das Tier tänzelt etwas, lässt sich aber weiterstreicheln und reißt nicht am Strick.

Die Fremden haben sich an den Händen gefasst und kommen näher, langsam, nur keine Unruhe, sie machen das gut, wahrscheinlich dirigieren die Übersetzer sie über die Ohrstücke, wir alle machen das gut, ihr macht das gut, ihr Fremden, du machst das gut, mein Büffel, du machst das gut, Lola. Die Fremden halten sich immer noch an den Händen, sie formen einen Kreis um uns, etwa fünfzig Meter Durchmesser. Sobald sie alle an der richtigen Stelle stehen, lassen sie einander los.

Der Büffel bewegt die Ohren. Else reicht mir das Messer, ich nehme es mit rechts, mit links kraule ich weiter den Kopf, wir summen, wir alle fünf berühren den Körper des Büffels, wir summen, wir streicheln ihn, hier und jetzt, die Fremden schweigen, die Übersetzer schweigen.

Es muss schnell gehen jetzt. Zögern bedeutet Unruhe. Jetzt. Jetzt. Jetzt. Friedrich und Wilhelm fassen den Büffel bei den Hörnern, ganz leicht nur, aber sie können auch fester zupacken, wenn es nötig wird, ich lege das Messer an die Kehle des Tieres, ich schließe die Augen und ziehe durch, so fest, so tief ich kann, mit links fasse ich ins Fell, dann lasse ich los.

Noch sind meine Augen geschlossen, noch steht der Büffel, ich weiß nicht, ob ich es richtig gemacht habe, aber da ist auch schon Martin, in meinem Kopf, der sagt: »Es ist gut, es ist vollbracht, schöne Heilige, du darfst nun ruhn.« Und dann fühle ich das Blut auf mir, es sickert warm durch mein Gewand, fließt über meine Hände, der Büffel sackt zusammen, die anderen fangen ihn auf, er ist zu schwer, sie gehen in die Knie, die Fremden jubeln, hundert Kehlen.

Kehle.

Ich öffne die Augen, Else hält den Kopf des Tieres in ihrem Schoß, Alexander, Wilhelm und Friedrich fangen mit den Silberschüsseln Blut auf. Blutströme. Kurz zuckt der Büffel noch, dann ist er still.

Die Fremden jubeln.

Ich atme ein. Ich lege das Messer ab. Ich stehe auf, ich hebe meine Hände und zeige den Fremden das Blut darauf, das Blut auf meinem Gewand, auf meinem Gesicht, mit erhobenen Händen gehe ich, ihnen zugewandt, im Kreis. Sie jubeln.

Ich sehe in ihre Gesichter. Ich schweige. Martin schweigt.

Mein Teil ist getan. Ich bleibe in der Mitte stehen, mit erhobenen Händen. Ich sehe mir den Büffel nicht an. Ich sehe mir den Kreis aus Fremden an, Gesicht für Gesicht.

Morgen vergesse ich euch.

Friedrich, Wilhelm, Alexander und Else schreiten mit den Silberschüsseln voll Blut die Runde entlang, die Fremden tauchen ihre Hände hinein und färben sich ihre Gesichter und Kleider. Manche reiben sich das Blut ins Haar.

Morgen habe ich euch vergessen.

Später sitzen wir alle um das große Feuer, die Dienstfertigen haben das Tier gehäutet und zerteilt, das Fleisch gewürzt und gegrillt. Das Blut auf unseren Gesichtern ist getrocknet. Das Fleisch schmeckt nach Eisen und Sommer, innen ist es noch blutig, die Fremden lecken sich Lippen und Finger.

Morgen habe ich euch alle vergessen. Morgen seid ihr alle weg.

Am frühen Nachmittag ist das Feuer heruntergebrannt, die Dienstfertigen löschen die letzten Glutnester mit Sand, auch die Blutlachen verschwinden unter Sand, wir rufen die Pferde herbei, sie kommen sofort, sie erkennen uns wieder unter all dem

Blut, vielleicht stören sie sich nicht daran, vielleicht verzeihen sie uns.

Wir satteln auf und reiten ein letztes Mal den Fremden voran nach Norden. Wir reiten langsam, damit sie Schritt halten können, wir schweigen, die Übersetzer schweigen, es ist alles gesagt.

Am Schloss machen wir halt, steigen von den Pferden, ziehen unsere Sandalen aus und gehen die Treppe zum Wasser hinab. Die Fremden nehmen auf den oberen Stufen Platz und sehen uns zu. Währenddessen bauen die Dienstfertigen auf dem Platz zwei Zelte auf.

Das Wasser ist klar und kühl. Ich steige zügig hinein und tauche ganz unter, über meinem Kopf schließt sich die Wasserdecke, ich lasse mich zum Grund sinken, lasse den Fluss das Opferblut mit sich nehmen, dann stoße ich mich ab, zur Oberfläche zurück.

Ich tauche unter, tauche auf, unter, wieder und wieder, in meinem Gewand sammelt sich Luft, das Blut fließt fort, in Charlottenburg wird es unter der Mauer hindurchfließen, ich weiß nicht, ob es in den Ozean fließt. Ich weiß nichts über dieses Wasser, ich öffne den Mund und trinke.

Alexander hat sich auf den Rücken gelegt und lässt sich ein Stück von der Strömung tragen, dann schwimmt er mit langen Zügen zu uns zurück.

Else legt den Kopf in den Nacken, wäscht sich ihr Haar, wringt es seitlich aus, die Augen geschlossen.

Friedrich schöpft sich mit beiden Händen Wasser ins Gesicht, es spritzt, er schnaubt und prustet. Er merkt nicht, dass ich ihn ansehe. Alt sieht er aus und müde.

Wilhelms Gesicht ist schon sauber, sein Haar liegt nun glatt wie ein Helm. Unsere Blicke treffen sich, er lächelt.

Als wir aus dem Wasser steigen, jubeln die Fremden. Sie weichen zur Seite, lassen uns passieren, küssen unsere nassen Fußspuren auf den Treppenstufen, sie jubeln, bis wir im Zelt verschwunden sind, dann können wir hören, wie sie sich ins Wasser stürzen.

Im Zelt legen wir die nassen, blutigen Sachen ab und die trockenen Abschiedsgewänder an. Wir kämmen uns, und bis die Fremden aus dem Fluss gestiegen und neu angekleidet sind, sind unsere Haare schon im letzten Sommerwind getrocknet.

Noch einmal steigen wir auf die Pferde, wir führen die Fremden zur Schleuse.

Nur noch einmal durch die Prozessionsstraße, dann vergesse ich euch. Die Löwen werden euch nicht zurückkehren lassen. Ihr werdet niemals zurückkehren.

Morgen vergesse ich euch.

XXIV

Als ich das Gesicht sehe, spüre ich den Schreck, bevor ich ihn als Gedanken fasse, er brandet mir von innen an die Stirn und an den Brustkorb: Ich. Das bin ich. Das ist eine neue Lola.

Die Dienstfertigen haben das mittlere Tor geöffnet, und dahinter steht etwas. Jemand. Jemand Kleines.

Hinter uns raunen die Fremden, ich drehe mich um, ich denke immer noch, es geht um mich. Aber alle Blicke sind auf Friedrich gerichtet, und Friedrich schaut zu Boden und ist ganz grau, ich verstehe das nicht, und dann sehe ich wieder zu dem Kind, es hat zu weinen begonnen, und jetzt erkenne ich es auch: Das bin nicht ich, das ist Friedrich.

Tränen laufen dem Kind übers Gesicht, es steht immer noch hinter der goldenen Pforte, das Gesicht wird rot, die Nase läuft, das Weinen wird lauter, dann leiser, dann wieder lauter.

Die Fremden raunen, manche glucksen leise, vielleicht vor Glück.

Ich habe noch nie ein so kleines Kind gesehen. Ich habe noch nie ein solches Weinen gehört.

Else bewegt sich als Erste. Sie macht alles richtig, lächelt, aber nicht mit Zähnen, denn Zähne können als Aggression gelesen werden, Menschen sind Säugetiere. Sie tritt beinah bis an die Schwelle der Pforte, geht in die Knie, auf Augenhöhe, streckt die Arme aus, berührt das Kind aber nicht. Sie verharrt so, bis wir anderen ebenfalls vorgetreten sind, wir stellen uns links und rechts neben Else, auch wir gehen in die Knie und strecken unsere Arme nach dem Kind aus. Dann beginnt Else zu singen, ihre Stimme ist sanft und hell und aus Messing:

Willkommen, Kind.
Willkommen.
Wir erkennen dich.

Nach und nach stimmen wir ein, erst Alexander, brummend und unsicher, dann Wilhelm, laut und diesmal im Takt, und dann, endlich, höre ich auch Friedrichs Bass, der stabil wie immer klingt. Ich wage einen Blick, er nickt mir zu. Ich atme auf und singe mit.

Du bist wie der Ozean.
Du bist gegenwärtig.
Du bist ewig.
Du bist wir.
Wir sind du.
Wir erkennen dich.
Lass dich ansehen.
Lass dich umarmen.
Lass uns tanzen.

Die Übersetzer übersetzen für die Fremden, und dann spielt auch schon das Orchester. Das Kind macht einen unsicheren Schritt durch die Pforte.

Nun ist es in den Mauern, für immer, einer von uns.

Else fasst es, hebt es in die Höhe, wir alle stehen auf, das Kind hat aufgehört zu weinen, vielleicht vor Schreck, Else strahlt, die Fremden jubeln, sie reicht das Kind an Alexander weiter, er scheint nicht so richtig zu wissen, wie er es halten soll, er küsst es kurz auf die Stirn und stellt es dann schnell auf die Füße. Sofort fängt es wieder zu weinen an. Es steht da, in der Orchestermusik, im Jubel der Fremden, es sieht uns an, der Reihe nach, dann wieder von vorn, dann blickt es ins Leere, es weint und weint, lautlos jetzt in dieser Musik, und hebt die Arme.

Der Mensch ist ein Tragling, denke ich, und als sich sonst niemand rührt, und als das Kind nicht aufhört zu weinen, und als ich es nicht mehr aushalte, trete ich nach vorn und nehme es hoch. Es ist schwerer, als ich gedacht hätte. Erst stößt es sich von mir ab, es tritt mich in Bauch und Hüfte, aber als ich es nicht loslasse, klammert es sich an mich und sieht mich an. Es schluchzt noch einmal, dann ist es still, wischt seine Nase meinen Ärmel entlang und sieht mich wieder an.

Die Fremden raunen.

»Ich bin Lola«, sage ich, »du bist Friedrich.«

XXV

Wartet, gleich habe ich es, hier muss es sein.« Friedrich fährt mit den Fingern einen Stapel Bücher entlang, dann den nächsten, ab und zu dreht er sich zu uns um, dabei lächelt er. Er achtet darauf zu lächeln.

Wir alle haben uns in seinem Hangar versammelt. Alexander und Else haben darauf bestanden. Seit der Ankunft des Kindes verschanzt Friedrich sich hier. Das hat er zwar auch schon letzten Winter gemacht, aber diesmal ist es ernst, meint Else, und natürlich hat sie recht. Auch ich mache mir Sorgen. Wir alle machen uns Sorgen, sogar Wilhelm.

Friedrich jedoch empfängt und bewirtet uns heiter. Zumindest sieht es so aus. Er hat uns Kekse hingestellt, Feuer gemacht, Tee gekocht, und nun sucht er nach einem Buch, um es dem Kind vorzulesen. Während wir darauf warten, dass er es findet, schaukeln wir abwechselnd den kleinen Friedrich. Gerade sitzt er auf Wilhelms Knien. Wilhelm wippt und summt, das Kind lacht.

»Nun lass doch mal das Buch«, sagt Else, »das ist doch jetzt nicht so wichtig, komm, Friedrich, wir alle wollten dich sehen, wir alle sind gekommen, nun setz dich doch zu uns.«

»Ja, ja, gleich, ich hab's doch gleich.«

Obwohl Friedrich unbedingt wegwill, hält er sich an den Dingen fest. Er ist ein Sammler. Auf den ersten Blick ist das nicht zu erkennen, aber alles hier hat seinen festen Platz, und fehlt etwas, bemerkt er es. Wie soll er das einmal zurücklassen?

Ich kann ihn das jetzt nicht fragen, ich darf seine Pläne nicht verraten. Unsere Pläne. Seit der Ankunft des Kindes haben wir nicht mehr darüber gesprochen.

»Ah, da ist es ja!« Friedrich dreht sich zu uns um, lächelt noch breiter und hält ein Buch in die Höhe. Dunkelblaue Buchdeckel aus Pappe, vergrauter Leinenrücken, nicht sehr dick. »Natürlich ist das wichtig«, sagt er, »der Kleine muss doch die Sprache lernen!«

Der alte Friedrich beugt sich vor und streicht dem jungen Friedrich über die Wange. Das Kind gluckst. Der alte Friedrich lässt sich auf seinen Stuhl fallen, schlägt das Buch auf und beginnt zu lesen. *»Ein Mann hatte sieben Söhne und immer noch kein Töchterchen, so sehr er sich's auch wünschte«* – ich erinnere mich, wir alle erinnern uns, uns allen hat er das vorgelesen, als wir noch Kinder waren. *»Kaum war das Wort ausgeredet, so hörte er ein Geschwirr über seinem Haupt in der Luft, blickte in die Höhe und sah sieben kohlschwarze Raben auf- und davonfliegen.«*

Das letzte Mal, denke ich, das ist das letzte Mal, dass er uns vorliest. Ich bin nicht die Einzige, die weint, auch die anderen blinzeln. Das Kind blickt ratlos und stumm zwischen unseren Gesichtern hin und her, Friedrich aber liest weiter, ganz ruhig, wie er es immer getan hat, für uns alle.

Als das Märchen zu Ende ist, klappt er das Buch zu und sieht in unsere feuchten Augen. »Das Buch könnt ihr dann mitnehmen«, sagt er, »diesem Friedrich müsst ihr jetzt alles beibringen. Ihr macht das schon. Ihr werdet das schon alles gut machen.«

»Ach, Fritz«, Else ist aufgestanden, sie hält es nicht aus. Niemand von uns hält das aus. Sie umarmt ihn. »Ach, Fritz, wir haben doch noch Zeit!«

Einen knappen Winter noch, mehr nicht. Das Entschwinden passiert fast immer kurz vor Saisonbeginn. Ich weiß das nur aus den Schriften und den Erzählungen der anderen. Seit ich in den Mauern bin, ist noch niemand entschwunden. Ich kann mir das nicht vorstellen.

Natürlich stimmt das nicht. Natürlich kann ich mir alles vorstellen. Nur wissen kann ich es nicht.

Wir wissen nicht, was nach dem Entschwinden passiert. Wir wissen nicht, wie das Entschwinden passiert. Jemand ist einfach nicht mehr da. Wenn der nächste Sommer beginnt, werden wir wieder fünf sein, und Friedrich wird der Jüngste sein.

Friedrich wird nicht entschwinden, beruhige ich mich, Friedrich wird abhauen. Und ich werde ihm helfen.

»Ich bleibe noch«, sage ich, als Else zum Aufbruch mahnt, das Kind quengelt und muss bald schlafen, niemand widerspricht mir, Friedrich nicht, Wilhelm nicht und Else nicht, im Gegenteil, sie scheint beruhigt. Sie umarmt mich zum Abschied und flüstert mir ins Ohr: »Versuch, ihn morgen mitzubringen, ja? Es ist nicht gut, wenn er so einsam ist.« Ich nicke.

Sobald wir allein sind, hört Friedrich mit dem Gelächle auf. Er lässt das Lächeln fallen wie einen Mantel, nimmt meine Hände und sieht mich an.

»Bist du weitergekommen«, frage ich, »mit dem Boot?« Er nickt.

»Weißt du«, sagt er, während wir auf dem Weg durch die Keller sind, »weißt du, eigentlich ist es ganz gut, dass der neue Friedrich jetzt da ist, wer weiß, ob ich sonst jemals damit fertig werden würde. Aber unter Druck, glaube ich, bekommen wir das alles hin. Es wird gut, du wirst sehen.«

Tatsächlich. Er hat Fortschritte gemacht. Das Boot sieht zum ersten Mal aus wie etwas, das funktionieren könnte. Es ist noch viel zu tun, aber wenn wir gemeinsam daran arbeiten, könnte es gehen, dann wären wir vor dem Ende des Winters bereit. Der Ballonteil ist fast vollständig vernäht, und der Mast ist endlich angepasst, er lässt sich sauber aufrichten und legen. Friedrich hat einen kleinen Generator gebaut, der sich per Handkurbel betreiben lässt, außerdem einen Destillationsapparat zur Wasserentsalzung, den Wasserspeicher hat er in den Kiel integriert.

»Danke«, sagt Friedrich, »dass du mitkommst.«

Später liegen wir auf dem Bett im Hangar, Friedrich auf dem Rücken, ich halb auf ihm, mein Kopf auf seiner Brust, ich halte ihn fest, oder ich halte mich an ihm fest, ich weiß es nicht, sein Herz schlägt wie immer, auf seinem Hals der Mond.

Ich trauere um das Buch, das die anderen mitgenommen haben, ich hätte Friedrich jetzt gern etwas daraus vorgelesen.

»Friedrich?«

»Ja.«

»Wie ging dieses Märchen mit den Tieren? Diese Tiere, die sich zusammentun und abhauen, vier oder fünf, ein Esel ist dabei und ein Hahn, glaube ich.«

»Die Bremer Stadtmusikanten?«

»Ja, genau.«

»Ein Esel, ein Hund, eine Katze und ein Hahn. Die Menschen, denen sie gedient haben, wollen sie umbringen, also schließen sie sich zusammen und gehen fort.«

»Etwas Besseres als den Tod findest du überall.«

»Ja.«

»Wenn es den Ozean gibt, gibt es Bremen nicht mehr.«

»Aber die Alpen, Lola, erinnere dich. Erinnere dich an die Gemälde. Die Alpen gibt es noch.«

Die Alpen sind Friedrichs Hoffnung. Er geht davon aus, dass das Gebirge als Inselgruppe aus dem Ozean ragt und unbewohnt ist. Keine Fremden, nur wir beide. Er geht davon aus, dass die Fremden ausschließlich auf den von ihnen trockengelegten Kontinenten siedeln. Er geht davon aus, dass die Angaben aus den Atlanten stimmen. Er geht davon aus, dass seine Berechnungen stimmen.

Am nächsten Morgen kocht Friedrich Tee, während ich das Paket suche. Es blinkt am nordöstlichen Ende des Flughafengebäudes beim Radarturm neben dem Rübenacker. Der Boden ist schon von Raureif überzogen, bald kommt der Frost, bald kommt der Schnee, in den nächsten Tagen werden wir ernten müssen.

Ich hebe das Paket auf und lege meinen Daumen auf das Blinklicht. Klack. Zwieback, Apfelmus und Erdnussbutter. Ich stecke die Rationen in meinen Rucksack und lege das Paket zurück. Es schnappt wieder zu.

Einmal habe ich versucht, ein Paket auseinanderzunehmen. Da muss ich zehn oder elf Sommer alt gewesen sein. Ich wollte die Technik begreifen, ich wollte sehen, wie der Mechanismus funktioniert, ich wollte verstehen, wie dieses Ding gebaut ist. Wahrscheinlich hoffte ich, so auch etwas über diejenigen zu verstehen, die es gebaut hatten. Else erwischte mich, sie rief Friedrich herbei, und der schimpfte. Schimpfte und schimpfte, so laut und so lange, dass auch Wilhelm und Alexander angelaufen kamen. »Sei dir der Gefahren bewusst, Lola! Sei vorsichtiger!« Wilhelm stellte sich zwischen uns, eine Hand auf meiner Schulter, die andere mit erhobenem Finger in Friedrichs Gesicht: »Hör auf, Friedrich. Du musst Lola Lola sein lassen.« – »Erklär du mir nichts über Lola!« Friedrichs Blick. Alexander musste dazwischengehen.

Als ich zurückkomme, sitzt Friedrich am Tisch und zeichnet und radiert an seinen Plänen herum, er murmelt und rechnet und fährt sich durchs Haar.

Nach dem Frühstück beginnen wir mit der Arbeit. Wir müssen die Belüftung überprüfen, müssen am Segel und am Ballon weiternähen, außerdem ist etwas am Generator kaputt, vier der insgesamt zwölf Schotten sind noch zu verschweißen, und wir müssen überlegen, welche Ersatzteile unbedingt mit an Bord gehören und ob da noch etwas fehlt, was ich im ungesicherten Gebiet auftreiben muss, denn natürlich kann auch unterwegs alles Mögliche kaputtgehen.

In der Kapsel ist es eng. Zwei Menschen können ausgestreckt nebeneinander liegen, sitzen ist auch möglich. Aber aufstehen können wir nicht. Wenn das Ganze noch mit Proviant beladen ist, wird man sich kaum umdrehen können. Das Segel muss von innen bedient werden.

»Wir müssen das testen«, sage ich. »Sobald das Boot fertig ist, müssen wir das testen, und zwar alle beide. Und wir müssen üben. Ich muss das auch können, wenn ich mitkommen soll.«

»Natürlich«, sagt Friedrich, »und natürlich kommst du mit!«

XXVI

Lola, ich verstehe das. Wirklich. Ich verstehe, dass das in deiner Natur liegt und du Zeit und Raum für dich brauchst. Aber das geht jetzt nicht mehr. Nicht mehr so wie früher! Du kannst nicht den ganzen Winter im ungesicherten Gebiet herumwandern. Wir haben jetzt ein Kind. Wir haben Verantwortung. Wir alle, auch du. Du bist jetzt nicht mehr die Jüngste, die sich alles erlauben kann.«

Else läuft vor der Fensterfront auf und ab und schaukelt das Kind, während sie spricht.

Schlimm genug, dass ich daran gescheitert bin, Friedrich in den Hort der Gemeinschaft zurückzubringen, ich bin auch selbst nicht erschienen. Anderthalb Wochen lang! Das geht so nicht weiter! Und deshalb haben sie mich mit dem Echo gerufen, als wäre es ein Notfall. Sie haben sich im Schloss auf der Kerninsel versammelt und mich hierherzitiert, damit wir endlich mal besprechen, wie wir uns *organisieren* wollen. Das sind Alexanders Worte.

Friedrich, der alte Friedrich, ist in Tempelhof geblieben, den haben sie in Ruhe gelassen.

Wir tagen im Neubau im Ostflügel, draußen im Fluss schwimmen Eisschollen, drinnen setzt sich Else nun endlich, das Kind hält sie auf dem Schoß. Es strampelt und stößt sich von ihr ab, wieder und wieder, schließlich lässt sie es los, und der kleine Friedrich springt herunter und läuft auf Wilhelm zu, der auf dem Boden sitzt. Wilhelm breitet die Arme aus, das Kind gibt einen hellen Laut von sich und wirft sich in die Umarmung. »I-Em!« Wilhelm steht auf, wirbelt das Kind herum, wirft es hoch und fängt es wieder auf. »Ja, genau, das ist mein Name: Wil-helm.« – »I-Em!« Else und Alexander tauschen einen Blick.

Else hat keine Ahnung. Ich komme kaum noch ins ungesicherte Gebiet. Wenn ich nicht hier bin, bin ich bei Friedrich. Unter meinen Fingernägeln hängt immer noch Erde von der Rübenernte. Rübe um Rübe haben wir ausgegraben, in Kisten verladen, in den Hangar geschleppt und eingelagert. Wir haben die Büffelkühe gemolken, Käse gemacht und ebenfalls eingelagert. Vorräte. Nachts haben wir am Boot gearbeitet. Ich bin müde, mein Rücken tut weh, und meine Hände sind voller Schwielen. Aber das kann ich Else nicht erzählen, also nicke ich.

»Else hat recht«, sagt Alexander.

»Aber nun ist Lola ja hier«, wirft Wilhelm vom Teppich aus ein, das Kind klettert auf ihm herum, wühlt in seinen Haaren, hängt an seinen Schultern, »und außerdem haben wir es bis jetzt ganz gut hingekriegt, finde ich. Dem Kleinen geht's doch bestens.«

»I-Em, I-Em«, gluckst das Kind.

»Das Kind braucht eine Struktur«, sagt Alexander, »wir alle. Wir alle brauchen eine Struktur.«

Sie wollen, dass der junge Friedrich mit ihnen nach Charlottenburg kommt. Darum geht es. Wilhelm und ich sollen dann abwechselnd zur Unterstützung dazustoßen, und einmal in der Woche sollen wir alle gemeinsam essen, am besten auch mit dem alten Friedrich, solange er noch da ist. Struktur. Verlässlichkeit.

Ausgeschlossen. Ich kann das nicht. Ich muss Friedrich mit dem Boot helfen. Wenn ich ihm nicht helfe, wird er nicht rechtzeitig fertig. Gestern ist die Nähmaschine kaputtgegangen, jetzt müssen wir den Rest des Ballons und das Segel mit der Hand nähen. Friedrich hat also auch keine Zeit, sonntags oder sonst wann in Charlottenburg anzutanzen. Wir müssen bauen. Wir müssen Vorräte anlegen. Und vielleicht muss ich ja auch wirklich mit ihm mitgehen. Vielleicht schafft er es sonst nicht. – Und vielleicht, Lola, vielleicht willst du ja sogar mit ihm mitgehen? Ich weiß es nicht. Ich weiß das alles nicht.

Das Kind sieht jetzt zu mir her, es hat etwas an mir entdeckt, und nun lässt es Wilhelm los und läuft auf mich zu. Es bleibt vor mir stehen, hält sich an meinen Knien fest und legt den Kopf in meinen Schoß, lässt ihn da liegen, das ist kein Test, kein Antasten, das ist das ganze Gewicht dieses Kinderkopfes. Es verharrt einfach so, mit seinem Kopf in meinem Schoß und den Füßen auf dem Boden. Ich halte es fest, ich streichle seinen Kopf, was soll ich sonst machen? Die Haare sind viel zu weich. Alle sehen mich an.

»Könnt ihr euch noch an eure eigenen Älteren erinnern?«, frage ich. Die anderen schweigen lange. Dann antwortet Wilhelm: »Ich kann mich erinnern, wie der alte Wilhelm mir auf den Bauch gepustet hat. Und wie er mir einmal etwas Süßes, Klebriges gegeben hat. Er war lustig, glaube ich.«

Else schüttelt den Kopf. »Ich kann mich nur an die alte Lola erinnern.«

Die anderen nicken, Alexander lächelt dabei. Die alte Lola hat sie mit großgezogen, sie alle.

Das Kind hat den Kopf gedreht und sieht zu mir auf. Na gut. Ich fasse es unter den Armen und hebe es auf meinen Schoß. Es gluckst und schmiegt seinen Kopf an, fest, beinahe tut es weh.

Sie haben mir nie viel erzählt von meiner Vorgängerin. Zum Leben in den Mauern gehört eigentlich, die eigene Vorgängerperson kennenzulernen. Von ihr im Arm gehalten zu werden. Ihren Geruch zu atmen. Sich daran zu erinnern, später, wenn sie entschwunden ist. Ich hätte einen Winter haben sollen mit meiner Lola.

»Wie war sie denn?«

Die anderen schweigen, sehen einander an, niemand will antworten. Nie wollen sie antworten.

Es muss doch Geschichten geben über sie.

Sie haben ihr nicht verziehen, denke ich. Sie hat sie verlassen, als sie sie gebraucht hätten. Der Einzige, der manchmal mit mir über sie redet, ist Friedrich. Aber der behauptet ja auch, sie habe ihn nicht verlassen.

Als sie plötzlich weg war, muss sie ungefähr so alt gewesen sein wie Else heute. Achtunddreißig oder neununddreißig oder vierzig Sommer. Auf den Gemälden bilde ich mir ein, in diesem Alter einen verwegenen Zug in unserem Lächeln zu erkennen, der auf den Bildern der jüngeren Lola noch nicht da ist. Aber vielleicht interpretiere ich das auch nur hinein.

»Glaubt ihr, sie ist abgehauen?«

Wieder dieses Schweigen. Dann antwortet Alexander, er spricht viel vorsichtiger, als ich das von ihm kenne: »Also, ich sage mal, Friedrich ist da ja ganz klar, er ist sich ganz sicher, dass sie das niemals gemacht hätte.«

»Lo-La«, sagt das Kind. Es lacht mir ins Gesicht. Lass das, denke ich. Wenn ich wegwill, darf ich mich nicht an dich binden.

»Ja«, sage ich, »ich weiß, was Friedrich sagt, sie wäre nicht abgehauen, ohne ihm Bescheid zu sagen. Ich frage aber euch. Was glaubt ihr?«

Schulterzucken.

»Friedrich kannte sie am besten«, sagt Alexander, »also weiß er es auch am besten.«

Wilhelm sieht mich an. »Sie war wie du.« Das Zucken eines Lächelns. »Und du bist wie sie. Wenn jemand wissen kann, was sie gemacht hat, dann bist du das.«

»Danke«, sage ich. Ich denke: Das ist nicht wahr. Was ich mich frage, worauf ich die Antwort nicht weiß: Gehört es dazu, dass jede Lola irgendwann abhaut? Ist das vorgegeben wie unser Aussehen? Als Teil des Systems? Vielleicht wollen die Fremden, dass ich abhaue. Vielleicht warten sie auf der anderen Seite auf mich. Ich weiß nicht, wie ich diese Vorstellung finde.

Das Kind greift nach meinen Haaren und lacht.

»Einmal in der Woche zum Essen kommen schaffe ich, aber ansonsten bin ich raus«, sage ich.

»Aber Lola –«, beginnt Else.

Ich setze das Kind ab und stehe auf, kurz denke ich, es wird weinen, aber es schaut nur verwirrt zwischen uns hin und her.

»Aber Else!« (Ich weiß, es ist gemein, sie so nachzuäffen.) »Aber Else! Du hast doch selbst gesagt, es ist nicht gut, wenn Friedrich jetzt einsam ist.«

»Bist du bei ihm?« Wilhelm sieht nicht unglücklich aus, eher erleichtert.

Ich nicke.

»Mensch, Lola, dass du auch nie was sagst«, das ist Alexander, »dass du nie was sagst! Wir alle machen uns Sorgen um Friedrich, vor allem Else, Else hat sich solche Sorgen gemacht, oder?« Else nickt, Alexander spricht weiter: »Aber du, du machst einfach dein eigenes Ding, wie immer. Wilhelm hat recht. Du bist ganz genau wie die alte Lola! Wie es uns dabei geht, ist dir völlig egal. Und vielleicht wollen wir ja auch etwas von Friedrich haben, solange er noch da ist. Er ist auch *unser* Friedrich. Hast du da vielleicht mal drüber nachgedacht? Verschanzt dich einfach mit ihm.«

»Kümmert ihr euch um diesen Friedrich hier«, sage ich und zeige auf das Kind, das immer noch auf dem Boden sitzt und nicht weiß, was eigentlich mit uns allen los ist, »kümmert euch um den hier, dann übernehme ich den anderen.«

Alexander schnaubt, Else seufzt, nimmt das Kind hoch und seufzt dann noch einmal, mit Blick auf mich, Wilhelm sieht aus dem Fenster und schweigt, das Kind schaut mich an und weint nun doch.

Am Ende sind sie einverstanden.

XXVII

Ich lasse sieben Steinchen von einer Tasche meines Anzugs in die andere wandern. Jeden Tag einen, dann von vorn.

Sonnenaufgang. Sonnenuntergang. Die Tage im Winter sind kurz. Die Tage verschwimmen. Die Nächte verschwimmen. *Die Nacht hat zwölf Stunden, dann kommt schon der Tag.* Das stimmt nicht. Die Nächte im Winter sind länger. Viel Zeit zum Arbeiten in dieser Dunkelheit. Wir hobeln, nähen, teeren, testen, verbessern, rechnen, testen erneut, wieder und wieder, wir bauen um, bauen neu, hämmern und sägen, es nimmt kein Ende, nicht einmal im Schlaf, ich träume von Ballonseide, Zahlen und Teer.

Ab und zu gehe ich für ein oder zwei Stunden weg, im Tageslicht. Dann zieht es mich zur Mauer. An manchen Tagen verschwindet der obere Teil nach ein paar Dutzend Metern im Nebel. An anderen liegt nur der Rand in den Wolken. Ist das Wetter klar, kann ich die Mauerkrone erkennen, selbst bei allerblauestem Himmel sieht sie ein wenig unscharf aus. So hoch.

Als ich vielleicht zwölf Sommer zählte, hielt ich es nicht mehr aus. Ich bettelte, quengelte und zeterte und überredete Friedrich schließlich, mit mir auf die Kuppel der Großen Halle zu klettern.

»Nur, damit du siehst, dass es nichts nützt«, sagte er, »du wirst merken, auch von dort oben kannst du nicht hinübersehen.«

Trotzdem packte er Seile und Karabiner und Helme ein und ritt mit mir hin. Er sicherte uns, mahnte mich, vorsichtig zu sein, sehr streng, wieder und wieder, und kletterte mit mir ganz nach oben.

Die Große Halle steht mitten in der Stadt, nicht einmal zweitausend Meter von der Kerninsel entfernt, und sie ist das höchste Gebäude in den Mauern. In der Alten Zeit gab es einen Turm, der noch höher war, aber der steht nicht mehr. Vielleicht hätte man von seiner Spitze aus den Ozean gesehen. Von der Kuppel aus jedenfalls geht es nicht. Du siehst die ganze Stadt, das gesicherte Gebiet und das ungesicherte, den Fluss, die Türme und Dächer, den großen Garten, die Brücken, die Achsen. Dahinter die graue Grundierung, im Norden hell, im Süden dunkel.

Es gibt Gemälde, die das Meer zeigen. Auf manchen türmen sich Wellen mit Schaumkronen, auf anderen ist der Horizont eine Linie in der Ferne, manchmal verwischt sich das Wasser mit dem Himmel. Hier ist das anders, hier gibt es keinen Horizont. Die innere Mauer ist der Hintergrund jedes Bildes, jeder Blickrichtung. Nur wenn du weit genug von ihr entfernt bist und direkt nach oben siehst, in die Wolken oder das Blau oder den Nachthimmel, lässt sie sich ausblenden.

Natürlich wusste ich auch mit zwölf schon, dass es unmöglich ist, hinter die Mauern zu blicken. Trotzdem musste ich es sehen. Friedrich hat das verstanden. Ich liebe ihn noch heute dafür.

Jetzt gehe ich Etappen der inneren Mauer ab. Ich lehne mich mit der Brust an den Beton und schaue nach oben, bis mir schwindlig wird. Ich glaube, den Ozean in meinem Brustkorb zu spüren, die Brandung, aber das ist unmöglich. Was ich manchmal spüren kann, ist der Wasserfall, dort, wo der Fluss in die Stadt hereinströmt.

Die Stelle heißt Elsenpforte, auf etwa zwanzig Metern Höhe gibt es hier eine Öffnung in der inneren Mauer, aus der der Fluss herabstürzt. Als ich klein war, dachte ich, der Name komme daher, dass der Wasserfall so schön ist wie Else, er donnert, rauscht und glitzert, die Luft ist voller Wassertröpfchen, auch in einiger Entfernung zum Ufer noch, und wenn die Sonne scheint, bilden sich Regenbogen. Aber das mit dem Namen stimmt nicht. Die Pforte heißt so nach der Brücke, die zur Alten Zeit hier stand. Elsenbrücke. Und nicht einmal die Benennung der Brücke geht auf eine echte Frau zurück. Bei den Alten gab es Bäume, die so hießen, schöne, aber schwierig zu züchtende Bäume, die waren etwas Besonderes und wuchsen in der Nähe, daher der Name.

Wir sind nur ausgedachte Figuren, Else und ich. Jemand hat sich uns ausgedacht und zu den Männern dazugetan, um zu sehen, was passiert. *Schon greift Bruder Bruders Schopf.* Natürlich denke ich mir auch das nur aus.

XXVIII

Sieben Steine von einer Tasche meines Anzugs in die andere.

Sind alle Steine gewandert, ist Sonntag. Dann sattle ich das Pferd und reite nach Charlottenburg. Manchmal bitte ich Friedrich mitzukommen, aber er lehnt jedes Mal ab. Er will das Kind nicht sehen.

Ich weiß nicht, ob ich das Kind sehen will. Aber ich reite hin, jeden Sonntag. Hört das Kind den Hufschlag meines Pferdes, stürmt es ans Fenster, ich sehe es schon von Weitem. Drinnen rutscht es mir dann mit seinen Filzschuhen über das Parkett entgegen und strahlt: »Lo-La! Lo-La!«

Mein Name ist nur am leichtesten auszusprechen für ein Kleinkind, sage ich mir, ich sollte mir nichts darauf einbilden. Ich nehme das Kind hoch und trage es in den Festsaal, es quiekt vor Freude. Das Kind ist warm, wärmer als ich, es hält sich an meinem Nacken fest, und manchmal drücke ich meine Nase in sein Haar und sauge den Geruch ein.

In der Tür wartet dann Alexander, er trägt eine

Schürze und über der Schulter ein Tuch. Seine Haare sahen schon mal besser aus. »Ach, Lola, welch seltene Ehre!« Er klopft mir auf die Schulter. »Komm, du kannst dich gleich nützlich machen.«

Else verdreht die Augen, dann zwinkert sie mir zu und reicht mir irgendetwas zum Umrühren. Der Duft, der aus den Töpfen steigt, lässt mich fast weinen. Getrocknete Tomaten, Kräuter und Kartoffeln, die Else und Alexander im Sommer in ihrem Garten gezogen haben, dazu Oliven, Hummus und Gewürze aus den Paketen. Bei Friedrich gibt es nur noch Rüben. Rübenmus, Rübensuppe, gebratene Rüben, Rübensalat. Den Inhalt der Pakete, den Käse, im Grunde alles, was gut schmeckt, bewahren wir auf, als Vorrat für die Flucht.

Das Kind will neben mir sitzen. Es zieht mich am Arm hinter sich her bis zum gewünschten Stuhl: »Lo-La da«! Ich stelle fest, wie mich das freut. Das sollte mich nicht dermaßen freuen. Ich darf mich nicht an dieses Kind binden. Ich darf mich hier an gar nichts mehr binden. Wir fassen uns an den Händen. Die Hände des Kindes sind warm und klebrig.

Nach dem Essen nehmen Wilhelm und ich das Kind und gehen mit ihm *raus,* damit es *an die frische Luft* kommt und damit Else und Alexander auch mal ihre *Ruhe* haben, *als Paar*. Das sind Alexanders Worte. Manchmal bekommen wir noch einen Auftrag dazu, dann hacken wir Holz oder holen Wasser. Eigentlich reicht es, Schnee zu sammeln und zu schmelzen, aber ab und zu wünscht Else sich Wasser aus dem Fluss, das schmeckt ihr besser, und sie glaubt, es sei gesünder. Mineralien. Wilhelm und ich wandern mit dem Kind durch den Schnee, formen Schneebälle, Schneemenschen, Schneetiere. Wir rutschen Hügel hinunter. Wenn das Kind nicht hinsieht, küssen wir uns. Natürlich sieht es dann doch hin und freut sich.

Ich könnte auch bleiben, denke ich.

Manchmal nehmen wir das Kind mit aufs Pferd und reiten durchs instand gehaltene Gebiet.

Wilhelm hat ihm schon fast alles gezeigt und erklärt. Stundenlang, jeden Tag. »Ich kann den Kleinen doch nicht ganz am Rand versauern lassen. Struktur hin oder her, er muss doch sehen, was es hier alles gibt. Und außerdem habe ich ja sonst nichts zu tun. Du lässt dich ja kaum noch blicken.«

Als wir selbst noch Kinder waren, ich ein kleines, er ein größeres, sind wir auch gemeinsam durchs instand gehaltene Gebiet gestreift. Wilhelm kannte die besten Orte. Geheimräume unter dem Denkmal auf dem Kreuzberg oder oben im sechssäuligen Tor. Wir versteckten uns, bis die anderen uns mit dem Echo zu sich zurückriefen.

Wilhelm zieht eine Grimasse, Mundwinkel nach unten, Unterlippe nach vorn. »Was machst du denn die ganze Zeit mit Friedrich? Wird dir nicht langweilig?«

Ich schüttle den Kopf. Mit niemandem darüber reden. Vor allem mit Wilhelm nicht. Seit ich denken kann, seit ich sprechen kann, hat Friedrich mich das schwören lassen.

»Frag nicht so viel«, sage ich, und Wilhelm fragt nicht mehr.

Wir reiten schweigend nebeneinander her. Der Kleine sitzt mit auf meinem Pferd, vor mir, Wilhelm hat mir gezeigt, wie ich ein Tuch so um uns beide wickeln kann, dass es das Kind hält und ich die Hände frei habe. Wenn ich es lange so trage, stelle ich mir vor, das Kind wäre in mir herangewachsen, wie bei den Alten. Ich will mir das nicht vorstellen, der Gedanke schleicht sich von selbst ein, immer wieder. Vielleicht ist das einprogrammiert, denke ich.

Wir folgen dem Flussufer nach Osten. Ich muss mir alles merken, was vorbeizieht, denke ich, ich muss mir die ganze Stadt merken. Brücken, Bäume, Schnee. Den Geruch des vereisten Flusses. Ich muss Abschied nehmen.

Das Kind wackelt ein bisschen, ich kann sein Gesicht nicht sehen. »Geht es ihm gut?«, frage ich.

Wilhelm sieht zu uns herüber und grinst. »Dem geht es bestens. Der wackelt vor Glück. Der liebt dich.«

Ich schüttle den Kopf. »Dafür sieht er mich nicht oft genug.«

»Glaub mir, das kann jeder sehen, sogar ich. Das ist ein echter Friedrich, und du bist ihm die Liebste von uns allen.«

»Lo-La!«, schreit der Kleine.

Wilhelm lacht: »Siehst du!«

»Ihr spinnt doch, alle beide«, knurre ich.

»Lo-La!«

Wir reiten bis zur Kerninsel. Wir wollen dem kleinen Friedrich die große Orgel im Dom zeigen.

Siebentausendzweihundertneunundsechzig Orgelpfeifen. Wir können das Ding nicht richtig spielen. Unter den Alten gab es einige wenige mit diesem Können, aber es hat sich nicht überliefert. Immerhin sind wir in der Lage, der Orgel ein paar dröhnende Töne zu entlocken, und das reicht schon, das Kind zum Staunen zu bringen. Es lauscht dem Hall, es lacht, und es singt mit, lange Vokale, O und A. Wir heben den Kleinen hoch und setzen ihn zwischen uns, er drückt Tasten, mit Fingern, Fäusten, Handballen, er klettert, zieht Register und jauchzt, tosender, herrlicher Lärm.

Aus den Augenwinkeln sehe ich Wilhelms Blick.

Später spielen wir Fangen und Verstecken, wir hüpfen durch die Predigtkirche, die Sakristei, der kleine Friedrich schreit und jubelt.

Auf dem Rückweg nach Charlottenburg ist es schon dunkel. Wilhelm trägt jetzt das Kind im Tuch, es ist eingeschlafen.

Else steht in der Tür, wahrscheinlich schon lange, sie wartet auf uns, gleich wird sie schimpfen, bestimmt sind wir zu spät. Aber sie sieht uns nur an, wie wir dastehen, Wilhelm, Lola, Kind, ganz mild sieht sie uns an und sagt: »Bleibt doch heute Nacht hier, ihr drei. Zusammen.«

Natürlich weiß ich, was sie in uns sieht. Natürlich gefällt Else das. Wir sehen aus wie die *Heilige Familie,* gemalt von den Alten, zu allem Überfluss auch noch im Schnee. Es rührt sie fast zu Tränen.

Sie denkt voraus. Wenn der alte Friedrich weg ist, könnten wir uns neu sortieren. Wir könnten zwei Paare sein, monogam und glücklich, und in der Mitte das lachende Kind mit roten Wangen.

»Eine Nacht«, sage ich.

Und als wir so daliegen, das schlafende Kind zwischen uns, und Wilhelm nimmt meine Hand und summt das Winterlied, da denke ich: Es ist ein Verrat, so oder so. So oder so werde ich einen Verrat begehen.

Ich will hierbleiben. Ich will weg.

Am nächsten Morgen, beim Abschied, weint das Kind. Es schreit und schlägt um sich, und dann hält es sich an meinen Beinen fest und will mich nicht gehen lassen.

XXIX

Sieben Steinchen. Hin und her. Während ich die Tage zähle, zählt Friedrich die Wochen. Wir dürfen die Zeit nicht aus dem Blick verlieren. Die Zeit ist Friedrichs Feind. Wir müssen deutlich vor dem Ende des Winters fertig werden, um sicherzugehen. Mit jeder Woche wächst Friedrichs Unruhe. Trotzdem hält er sich jetzt wieder mit Nebensächlichkeiten auf. Polsterung. Sitze.

»Lass uns doch erst einmal das Wichtigste fertigstellen«, sage ich, wieder und wieder, »lass uns dafür sorgen, dass dieses Ding fliegt und dass es schwimmt und dass es sich steuern lässt. Der Rest ist Luxus. Wir brauchen unbedingt noch Zeit zum Üben.«

Friedrich lacht dann und sagt: »Du hast recht.« Und am nächsten Tag zimmert er dann wieder an einer Bank herum oder wachst die Bohlen. So werden wir nicht fertig. Das weiß er doch selbst. Das muss er doch wissen.

Im Grunde kann ich so ein Boot steuern, ich

weiß, wie man segelt. Früher haben wir das geübt, jeden Winter, als ich ein Kind war. Friedrich hatte schon damals Angst, mit seinem Plan aufzufliegen, aber solange ich klein war, konnten wir alles als Spiel tarnen. Wir haben Schlitten gebaut mit Mast und Segel und haben sie über die Freiheit navigiert, bis jeder Handgriff saß. Manchmal standen Else, Alexander und Wilhelm am Rand und haben uns zugejubelt. Gemeinsame Winter. Glückliche Zeiten, denke ich, aber vielleicht habe ich es damals nur nicht richtig verstanden.

Den Sextanten, die Sternkarten, den Kompass und alle anderen Geräte hat Friedrich mir später erklärt, als ich erwachsen war, im Geheimen, im Keller.

Mit diesem neuen Modell kenne ich mich nur in der Theorie aus. Wie soll ich mich dieser Kapsel anvertrauen, ohne zu wissen, ob ich sie beherrschen kann?

Vielleicht spürt Friedrich meine Zweifel. Sicher spürt er meine Zweifel. Nachts lässt er meine Hand nicht los, tagsüber lässt er mich nicht aus den Augen. Ich will im Licht durch die Stadt wandern, nur ein bisschen, nur ein wenig Sonne und Luft, aber Friedrich will mich nicht gehen lassen. Tagelang geht das so. Tagelang bleibe ich. Vielleicht tut er mir leid.

»Ich brauche dich! Komm, hilf mir mal mit der Takelage!«

Er wirft mir ein Seil herüber, ich fange. Stumm binde ich die Knoten. Es ist stickig hier unten im Keller, der Teergeruch geht nicht mehr weg, er steigt in den Kopf und macht müde. Das fehlende Tageslicht macht müde. Die Arbeit macht müde. Ich kann keine Hanfseile mehr sehen, ich kann keine Stoffbahnen mehr sehen, ich kann keine Rüben mehr sehen, ich kann diesen Keller nicht mehr sehen, beim Anblick der Kapsel wird mir schlecht. Nach unseren Berechnungen werden wir fünf Tage zu zweit in diesem Ding zubringen. Wenn der Wind richtig steht. Vielleicht auch eine Woche oder länger. Wenn unsere Berechnungen die richtige Grundlage haben. Wer weiß denn, ob die Stadt überhaupt dort liegt, wo sie auf den Karten vermerkt ist? Wer kann denn mit Sicherheit sagen, dass die Stadt original ist? Sie könnte rekonstruiert sein. Wir könnten uns sonst wo befinden. Überall. Nirgendwo. Ich knote das Seil, unser Schweigen liegt im Raum wie der Teergeruch. Dieser Geruch zieht bis in meine Gedanken. Warum sollte die Stadt rekonstruiert sein, das ergibt doch überhaupt keinen Sinn, Lola. Ich knote und knote, ich kann nicht mehr denken, ich werfe das Seil hin.

»Ich muss raus, Friedrich. Jetzt.«

Friedrich sieht nicht einmal von seiner Arbeit auf, er knotet einfach weiter, er spricht leise, wie nebenher, oder eher, als spräche er zu einem Kind.

»Keine Streifzüge mehr, Lola, Schluss damit, wir müssen zusammenarbeiten, sonst werden wir nicht fertig. Wenn du rauswillst, wenn du wirklich rauswillst, musst du bei mir bleiben.«

»Gar nichts muss ich.«

Friedrich lacht nicht, er sagt auch nichts, er knotet seine Knoten.

Erst als ich den Topf mit den Schrauben auf den Boden schleudere, dass es scheppert, blickt er auf. »Was ist denn nur los mit dir, Lola?«

»Das fragst du mich?«

Er starrt mich bloß an. Ich weigere mich, seinen Blick zu erwidern, ich wende mich ab, ich sehe ihn nicht an, überall Schrauben, in den Unebenheiten des Bodens haben sie sich zu Gruppen formiert, es könnte ein Spiel sein oder ein Orakel oder Sternbilder. Ich greife meinen Rucksack, die Sternbilder knirschen, als ich darübergehe.

Ich sehe Friedrichs Bewegung nur aus dem Augenwinkel. Er ist auf einmal sehr schnell. Er hat das eingeplant, denke ich, er ist vorbereitet. Drei Schritte, und er ist an der Tür und stellt sich mir in den Weg, blockiert einfach den Durchgang, breitschultrig und breitbeinig, und starrt mich an. Starrt, bis ich zurückstarren muss.

Ich kann nicht sagen, wie lange wir da so stehen, *Auge in Auge,* denke ich. Ich überlege, ob ich diesen Blick von ihm kenne. Ich weiß es nicht. Er blinzelt gar nicht, denke ich, wieso blinzelt er nicht. Ich werde ihn nicht umstoßen können. Ich muss etwas sagen.

»Lass mich durch.«

Schon während ich spreche, weiß ich, er wird da stehen bleiben. Er ist stärker als ich, denke ich. Niemand wird mich hier unten finden, denke ich. Wieso denke ich das?

Friedrich sieht mir immer noch starr in die Augen, er macht einen Schritt auf mich zu, aber ich weiche nicht zurück, immerhin das kann ich schaffen, denke ich. Nicht wanken, nicht weichen, denke ich. Ich kralle meinen Blick in seinem fest, er fasst meinen Arm, meine Schulter, der Griff ist fest und schmerzt, aber die Stimme ist ganz weich.

»Komm, Lola. Wir gehen nach oben. Wir machen eine Pause.«

Wieso ist die Stimme so weich, denke ich. Ich müsste mich wehren, denke ich. Ich versuche, mein Gesicht nicht zu verziehen. Ich wehre mich nicht, und auch als Friedrich seinen Griff wieder lockert, folge ich ihm.

Später weint er. Er weint und hält sich an mir fest, er verbirgt seinen Kopf in meinem Gewand und schluchzt meinen Namen, und irgendwann schläft er ein.

Lola und Friedrich. Friedrich und Lola. Ein Naturgesetz, Schwerkraft, Fliehkraft, unausweichlich. Seit ich denken kann.

Ich kann mich erinnern, wie Else und Friedrich sich manchmal küssten, wie sie Arm in Arm gingen, als ich ein Kind war. Aber schon damals war mir klar, das ist nur auf Zeit. Später hörten sie auf damit, und Friedrich küsste niemanden mehr und ging nicht mehr Arm in Arm und teilte sein Bett nicht, und ich wusste: Er wartet auf mich. Er wartete lange und geduldig. Seine Geduld speiste sich aus dem Wissen, dass ich das Naturgesetz begriffen hatte. Lola und Friedrich.

Ich warte noch etwas, bevor ich meine Finger aus seinen löse. Wenn Friedrich schläft, sieht er anders aus. Er sieht aus wie er selbst und zugleich wie das Kind. Vielleicht sehen Tote so aus. Ich habe noch nie einen Toten gesehen.

Leise stehe ich auf, vorsichtig, ich nehme meinen Rucksack und schleiche mich aus dem Hangar.

Die Nächte sind noch kälter als die Tage, aber im Thermoanzug geht es. Ich lasse mein Pferd bei Friedrich und gehe zu Fuß, würde er mich suchen, er könnte einfach meinen Spuren im Schnee folgen.

Wieso denke ich das, wieso sollte er mir folgen, das wird er nicht, oder? Das wird er nicht.

Ich leuchte mir den Weg mit der Kopflampe. Meine Schritte knirschen, der Wind rauscht, sonst ist es still. Nach einer halben Stunde ungefähr beginnt es zu schneien. Meine Spuren verschwinden. Er wird mir nicht folgen.

Ich habe von den Vorräten genommen. Rosinen und Zwieback. Das brauchen wir eigentlich für die Flucht, aber im ungesicherten Gebiet gibt es sonst nichts. Friedrich kann dafür ja Rüben einkochen, denke ich, davon hat er mehr als genug.

Ich lege mir das zurecht. Er kann Rüben einkochen, aber er kann nicht meinen Anteil der Arbeit übernehmen. Ich müsste ihm helfen. Allerdings müsste er sich dazu erst einmal selbst helfen, nicht wahr? Er müsste das Boot endlich seetüchtig machen, statt sich um die Inneneinrichtung zu kümmern.

Ich lege mir das zurecht. Friedrich braucht mich.

Der Wind wird stärker und brennt, Schnee hängt sich an meine Wimpern und schmilzt, läuft mir wie Tränen übers Gesicht.

Das stimmt nicht, denke ich, das stimmt alles nicht. Friedrich hat sich entschieden, mich zu brauchen, das ist ein Unterschied. Er hätte sich auch anders entscheiden können. Von Anfang an hätte er sich anders entscheiden können, und auch am Ende noch. Steuern könnte er das Boot allein. Auch von den Vorräten hätte er allein mehr. Wahrscheinlich verzögert er den Bau absichtlich, damit ich keine Zeit habe, nachzudenken oder von ihm wegzugehen.

Friedrich und Lola Naturgesetz. Friedrich hatte Geduld, weil er die Gewissheit hatte, dass ich am Ende zu ihm komme. Lange bevor ich ihn küsste, sah er mich mit Else, Alexander und Wilhelm. Friedrich beobachtete, wie ich mit Else am Weidendamm Wasser schöpfte, er hörte unser Lachen, sah, wie ich meine Hand in ihren Nacken legte und sie zu mir heranzog, sie hatte noch den schweren Eimer in der Hand, Elses Wimpern, Elses Augenlider, sie hielt die ganze Zeit den Eimer fest, alle warteten auf das Wasser, und als wir es endlich zu ihnen brachten, sah Friedrich unsere Wangen und Elses Haar und sah mich und lächelte. Er lächelte, als ich mit Alexander zum Bellevue ritt, zwei Tage waren wir verschwunden, Alexander sammelte Holz, machte Feuer und sang für mich, und bei unserer Rückkehr trug ich seinen Mantel, und Friedrich lächelte. Er lächelte auch, wenn er mich mit Wilhelm sah, immer wieder mit Wilhelm. Friedrich wartete.

Die anderen waren mir näher, er wusste das, er sah sie als Schritte auf meinem Weg zu ihm.

Was, denke ich, wenn er das alles nur meinetwegen macht? Was, wenn er etwas in mir erkannt hat, einen Fluchtimpuls, dem er gerecht werden muss, um mich an sich zu binden? Bei der alten Lola hat er das nicht geschafft, den Fehler will er nicht noch einmal machen, und deshalb baut er dieses Boot, und deshalb soll es nie fertig werden.

Wahrscheinlich bilde ich mir das alles ein. Ich war zu lange im Keller. Ich denke schon wie Friedrich.

Ich muss einen Schlafplatz finden. Ich muss endlich schlafen, ohne dass mich jemand festhält.

XXX

Natürlich kann ich dann nicht einschlafen ohne Friedrich, und ich weiß nicht einmal genau, ob ich damit den jungen oder den alten meine, alles verschwimmt in meiner Müdigkeit.

Ich könnte für immer hierbleiben, im ungesicherten Gebiet. Ich könnte meine Spuren verwischen. Ich könnte jagen und sammeln. Die Alten haben nach ihrem großen Krieg im großen Garten Kartoffeln angebaut. Das könnte ich auch. Die anderen würden mich nicht finden. Vielleicht würde ich sie manchmal von ferne beobachten, um zu sehen, ob sie noch da sind. Dann würden sie es irgendwo rascheln hören, aber bevor sie hinsähen, wäre ich schon wieder weg. Eine neue Lola würde kommen, der könnten sie dann Geschichten über mich erzählen, oder sie könnten über mich schweigen.

Der Zwieback und die Rosinen reichen für vier Tage, höchstens. In der Wohnung, in der ich meine Matte ausgerollt habe, gibt es drei Zimmer. Im mittleren steht ein Klavier. Meine Finger hinterlassen Spuren im Staub, darunter schwarzer Lack. Ich öffne den Deckel. Natürlich ist es verstimmt. Manche Tasten erzeugen gar keinen Ton mehr, da müssen Saiten gerissen sein. Ich spiele trotzdem ein bisschen darauf herum. Elfenbein. Elefantenbein. Auf der Innenseite des Deckels sind noch Worte zu entziffern: MEDAILLEN. SCHÖNLEBER. Vom Hocker liegt nur noch ein Rest auf den Dielen. In den Regalen haben vermutlich einmal Bücher gestanden. Papier hält sich nicht im ungesicherten Gebiet. Papier ist aus Holz gemacht. Die Regale sind aus Holz gemacht. Die Regale stehen noch. Sie stehen auf den Dielen. Die Dielen sind aus Holz gemacht. So vieles verstehe ich nicht. Vielleicht ist das alles nicht original. Ich kann nicht nachdenken, ich bin zu müde, ich muss schlafen, ich muss endlich schlafen. Ich muss nachdenken. Denken. Denken. Ich müsste das alles aufschreiben, denke ich, morgen habe ich es vergessen. Was habe ich morgen vergessen?

Ich habe kein Papier, denke ich. Papier, denke ich.

Ich stehe noch mal auf und suche in meinem Rucksack nach dem Notfalletui. Darin bewahre ich die acht Papierstücke auf. Ich streiche meine Matte glatt, entferne den Schmutz, wische meine Hände sauber und reihe die Papierstücke vor mir auf. Vorsichtig. Das mache ich manchmal, wenn ich nicht weiterweiß. Als gäbe es darin eine Antwort, die darauf wartet, gefunden zu werden. Ich schiebe die Stücke hin und her. Ich habe schon alle Kombinationen durchprobiert, wieder und wieder.

NICHT VERGESSEN!
bin da
01 – nicht übertragbar – berec
SP E EL
CH DU HÄLT
s st alles gut
wir sic m gen eigen
isein ritter

Wird sich morgen zeigen, denke ich. *Beisein Dritter,* denke ich. *Ritter,* denke ich.

Ich bin zu müde zum Denken. Ich packe die Zettel ein.

Vielleicht bin ich jetzt endlich müde genug zum Schlafen.

Ich wache vom Licht auf und von den Krähen, die vor dem Haus umherhüpfen. Ich strecke mich, stehe auf und gehe zum Fenster, viel ist nicht zu erkennen, die Krähen picken an etwas herum. Wahrscheinlich eine tote Ratte.

Ich könnte das auch. Ich könnte Ratten essen. Ich könnte mir eine Steinschleuder bauen und Krähen schießen. Ich könnte sie rupfen und braten.

Vielleicht ist das alles in mich eingeschrieben. Vielleicht ist es mir bestimmt, mich davonzumachen, in den Garten oder über die Mauer, vielleicht setze ich meine Schritte automatisch, denke meine Gedanken automatisch.

Niemand kannte die Lola vor meiner Vorgängerin. Wer kann also sicher sein, dass sie nicht auch schon abgehauen ist und die Lola vor ihr und die davor und immer so weiter. Sie waren wie ich und ich bin wie sie.

Was dagegenspricht: Es gibt Gemälde der älteren Lola. Mit fünfzig Sommern und mit siebzig. Das könnte ein Beweis sein, dass ich mich irre. Nein, es ist kein Beweis. Vielleicht geht einfach nur eine Lola früher und eine später. Oder die Gemälde sind ausgedacht. Vielleicht bin ich ausgedacht, und das Abhauen ist meine Aufgabe.

Wenn das so ist, Lola, ändert das etwas? Wenn das so ist, triffst du nicht trotzdem eine Entscheidung? Dafür oder dagegen?

Ich greife in meine linke Tasche und hole den letzten Stein heraus. Ich schiebe ihn in die rechte Tasche. Sonntag. Ich muss zurück.

XXXI

Diesmal steht das Kind nicht am Fenster, denn ich komme nicht mit Hufgetrappel, ich komme zu Fuß, leise und müde. Im Hof sind frische Hufspuren zu sehen, von zwei oder drei verschiedenen Pferden.

Drinnen höre ich Stimmen, es klingt fröhlich, und als meine Schritte das Parkett knarzen lassen, kommt mir jemand entgegengeflogen. Es ist Else. Große Augen, wehendes Haar. Sie umarmt mich, fester als sonst. »Wie hast du denn das geschafft?«, flüstert sie, und während ich noch überlege, was sie meint, ob es etwas Gutes ist oder etwas Schlechtes, tritt hinter ihr Friedrich durch die Tür, der alte Friedrich, und er hält den jungen Friedrich auf Arm und Hüfte.

Else hakt sich bei mir ein, und wir gehen den beiden entgegen. »So geht das schon den ganzen Tag, Fritz ist wie verwandelt, den ganzen Tag schon spielt er mit dem Kleinen und bringt ihn zum Lachen und liest ihm vor.«

Der alte Friedrich wippt den jungen Friedrich ein bisschen, dann nimmt er seine Hand, hebt sie hoch, und gemeinsam lächeln und winken sie uns zu. Else lacht und stößt mich mit dem Ellenbogen in die Seite.

Beim Essen sieht der alte Friedrich mich kaum an. Die anderen reden, ich kann ihnen nicht folgen, ich starre nur den Alten und den Jungen an und versuche, mir einen Reim darauf zu machen. Der Alte schneidet dem Jungen die Kartoffeln, hebt ihm den Löffel auf, wenn er herunterfällt, füllt seinen Becher.

Ab und zu wirft Wilhelm mir Blicke zu, vielleicht denkt er, ich könne ihm das alles erklären. Ich hebe die Brauen und zucke mit den Schultern.

Else hebt nicht die Brauen, Else hebt ihr Glas. Zur Feier des Tages hat Alexander eine Flasche Opferwein geöffnet. »Es ist so schön, dass wir endlich mal alle zusammen sind!« Wir stoßen an, auch das Kind stößt seinen Wasserbecher gegen unsere Kelche, als das Wasser überschwappt und wir darüber lachen, freut es sich und gluckst: »Mal-Mal! Mal-Mal!« Das bedeutet *noch mal,* das Kind lernt unsere Sprache, und wir lernen seine Halb- und Doppelworte, mittlerweile können wir uns verständigen. »Mal-Mal! Mal-Mal!« Wir stoßen noch mal an und noch mal.

Nach dem Essen hebt das Kind die Arme und ruft: »Lo-La, I-Em, 'ausgehn!« Es ist Zeit für unseren Spaziergang. Wir stehen auf, Wilhelm will den Kleinen hochheben, aber Friedrich kommt ihm zuvor. Er nimmt das Kind auf die Schultern. »Das kann ich doch machen. Dann habt ihr zwei auch mal Zeit für euch. Das kommt doch viel zu kurz gerade, oder? Lola hat mir so viel Gesellschaft geleistet.«

Das Kind schaut zwischen Wilhelm und mir hin und her. Ich starre Friedrich an.

»Ist schon gut«, sagt Wilhelm, »wir machen das. Wir machen das jede Woche.«

»Umso wichtiger, dass ihr auch mal eine Pause habt!« Friedrich lächelt schon wieder so. Ich kann seinen Blick kaum eine Sekunde lang festhalten, er springt immer wieder weg.

Vielleicht will er ja einfach nur etwas Gutes tun, Lola. Vielleicht hat er verstanden, dass du einen Abschied brauchst. Noch einmal mit Wilhelm allein. Wer weiß, wie oft das noch geht? Wer weiß, wie oft du ihn überhaupt noch siehst?

Was heißt, *wer weiß*, Lola? Du musst das wissen. Du musst doch wissen, ob du dieses Boot besteigen willst oder nicht.

Alexander und Else räumen den Tisch ab, geschäftig, geschäftig, *sieh nur, sieh, wie behend*! Sie sehen mein Zögern und nicken mir zu, synchron. Vielleicht haben sie recht.

Vielleicht wird der Junge so eine Erinnerung an den Alten haben, später. Ihm steht eine Erinnerung zu.

Wilhelm mustert mich, mustert Friedrich, kneift die Augen zusammen. Er schüttelt den Kopf, langsam. »Nein«, auch das klingt zu langsam, klingt nach Vorsicht, als müsse er auf der Hut sein, als wisse er noch nicht genau, was er als Nächstes sagen will. Manchmal glaube ich, Wilhelm ist gar nicht so sonnig, wie er immer aussieht, mit diesem Grinsen. Manchmal glaube ich, er ist eigentlich der Klügste unter uns, vielleicht auch der Traurigste. Und vielleicht hat Friedrich auch recht mit seinen Verdächtigungen, vielleicht gehört es dazu, dass wir einen Spitzel unter uns haben. Ich weiß es nicht. Vielleicht hängt das alles zusammen.

Vor drei oder vier Wintern wollte ich Wilhelm einmal mit ins ungesicherte Gebiet nehmen. Ich hatte ganz im Westen, direkt im Schatten der Mauer, in einer Senke einen kleinen See entdeckt, etwas südlich des Charlottenburger Schlosses. Wir hätten das gesicherte Gebiet nur um wenige Hundert Meter verlassen müssen. Ich wollte ihm die Eisfläche zeigen, die Trauerweiden, aber Wilhelm war nicht zu überreden. Ich lachte über seine Weigerung, ich warf ihm an den Kopf, er halte sich ja auch nicht an die Schriften, wenn er im Sommer seine Fremden verführe. Ich sagte ihm, er sei doch genau wie ich, also könne er auch mitkommen. Ich nahm seine Hand und wollte ihn mit mir ziehen, immer noch lachend, aber er blieb stehen, fest.

»Nein, Lola ist genau wie Lola, Wilhelm ist genau wie Wilhelm, du machst, was du machen musst, und ich mache, was ich machen muss.«

Kein besonders beeindruckender Satz, aber es lag Ernst darin und eine Weisheit, die ich nicht entschlüsseln konnte.

Doch auch Wilhelm versteht nicht, was hier gerade los ist, weise oder nicht. Er sagt: »Das ist wirklich nicht nötig, Friedrich, vielen Dank.« Und während er das sagt, fängt er sich, findet seine Haltung wieder, findet sein Grinsen und sein Tempo und setzt hinzu: »Wenn du möchtest, kannst du uns aber begleiten. Wir könnten doch alle vier ein bisschen ausreiten.«

Im Stall steht mein Pferd neben den anderen. Diesen Winter behalten alle ihr Pferd bei sich, in Erwartung des Entschwindens. Es ist eine stillschweigende Übereinkunft, nur mein Pferd war noch bei Friedrich in Tempelhof. Er hat es mitgebracht. Er wusste, dass ich komme. Vielleicht ist er deshalb hier. Um mich zurückzuholen.

Wir satteln auf und reiten durch den weißen Schlossgarten. Ich habe das Kind wieder mit auf mein Pferd genommen. Es sitzt vor mir und schmiegt sich an mich. Ich müsste es nicht festhalten, es gibt ja das Tuch, trotzdem habe ich meine Hand auf seinem Bauch. Wer weiß, wie oft noch, denke ich. Nicht weinen, denke ich.

Vor uns reitet Wilhelm, hinter uns Friedrich. Ab und zu greift Wilhelm nach einem herabhängenden Zweig, manchmal zieht er daran, dann rieselt Schnee auf uns herab, und das Kind lacht und dreht seinen Kopf und sieht mich an, und ich lächle zurück. Ich würde gern noch lange so weiterreiten. Vielleicht immer. Immer so weiter.

Wir reiten bis fast an die Mauer heran, dann wendet Wilhelm sein Pferd.

»Hast du Angst, Friedrich?«, fragt er. »Sollen wir umkehren? Was ist mit der Flutung, was ist mit den höhergelegenen Gebieten und so weiter?«

Friedrich mustert mich kurz, dann Wilhelm, etwas länger, dann verkündet er: »Die viel wichtigere Frage ist doch: Wer macht die besten Schneebälle? Stimmts, kleiner Friedrich? Kommt! Schneeballschlacht!«

Überraschend geschmeidig springt er vom Pferd und hat sofort einen Klumpen Schnee zwischen seinen Handschuhen geformt, den er nach Wilhelm wirft, nicht sehr fest, es ist eine Einladung. Wilhelm grinst, auch er ist jetzt vom Pferd gestiegen. »Komm, Lola! Komm, kleiner Friedrich!« Beide Männer lachen zu uns hoch, Wilhelm wirft einen Schneeball in die Luft und fängt ihn wieder. »Komm, Lola, oder traust du dich nicht?«

Natürlich traue ich mich. Friedrich und Friedrich gegen Wilhelm und Lola. Das Kind kreischt vor Freude, und dann bin auch ich ein kreischendes Kind.

Lachend und mit roten Gesichtern steigen wir auf die Pferde, und Friedrich ruft: »Nächste Woche bauen wir ein Schneehaus! Wie früher!« Zurück am Stall, bleibt er auf dem Pferd sitzen und sieht mich an.

»Kommst du, Lola?« Ich nicke.

XXXII

Das Boot steht aufgebockt im Tageslicht vor dem Hangar.

Friedrich hat mich hierher ins Freie geführt, gleich nach dem Aufstehen, hat nichts gesagt, hat mich sehen und tasten lassen, damit ich es begreife: Es ist fertig. Alles ist da. Es gibt nichts mehr zu tun. Stolz sieht Friedrich aus und verschämt.

»Wieso hast du mir das nicht gesagt?«

»Du warst ja nicht da.«

Ich nicke. Er muss Tag und Nacht durchgearbeitet haben. Wir umrunden die Konstruktion, er zeigt mir alles. Luke. Generator. Brenner. Steuer. Stabilisator. Kompass. Sextant. Ich nicke.

Seit ich denken kann, hat Friedrich an diesem Boot gearbeitet, an so vielen Booten hat er gearbeitet. Seit ich sprechen kann, habe ich darüber geschwiegen. Und jetzt ist es fertig.

Der Tag aller Tage, denke ich. *Freut euch.*

Friedrichs Blick zittert und klebt sich am Boot fest.

»Hast du keine Angst, dass das jemand sieht?«, frage ich.

»Ich glaube nicht, dass es hier im Süden Wachen oder Scharfschützen gibt, schon gar nicht im Winter, und die anderen sind mit dem Kind beschäftigt, die kommen nicht her. Solange du ihnen nichts erzählst, passiert nichts, vor allem –«

»Ja«, sage ich, »ich weiß. Vor allem Wilhelm.«

»Komm, Lola, du wolltest doch üben.« Er sieht mich nicht an.

Segel setzen. Segel einholen. Alles klar zur Wende. Wir üben den ganzen Tag.

Er sieht mich nicht an.

Ree. Am Wind. Halbwindkurs. Raumwindkurs. Er sieht mich nicht an.

Friedrich spricht, ich höre. Meine Hände erinnern sich, ohne dass ich nachdenken muss, sie fassen die Seile, das Steuer, sie lenken, knoten, tasten, kontrollieren. Ich kann das alles, ich muss mich nur an das neue Gefährt gewöhnen. Stunde um Stunde verstehe ich es besser. Ich verstehe die Höhe und Breite der Kapsel. Meine Bewegungen passen sich an. Pinne gerade halten. Alles klar zum Beidrehen. Ree. Reffen. Alles klar.

Friedrich sitzt unbewegt auf seinem Platz und spricht mit seiner ruhigen Stimme. Geduldig. Langsam. Unermüdlich. Er selbst rührt keine Hand. Er bringt mir bei, das Ding allein zu steuern, denke ich. Damit ich ihn dafür liebe, denke ich. Damit ich ihm vertraue. Es ist durchschaubar, aber es funktioniert.

Als wir aus der Kapsel klettern, steigt er voran, die letzten Zentimeter hebt er mich, er stellt mich auf den Schnee, dann endlich ein Blick. Friedrichs Augen. Friedrichs Lächeln.

Das Lächeln trifft mich. Es ist das Lächeln, das ich kenne: Friedrich, der mich zum ersten Mal allein auf ein Pferd setzt. Friedrich, wie er von einem Buch aufsieht und meinen Blick bemerkt. Friedrich, wenn ich mich im Weggehen zu ihm umdrehe. Friedrich, der aufwacht und mich sieht.

Zum Schluss laden wir die Vorräte ein. Zwieback, Käse, Rosinen, Wasser. Es ist zu wenig Wasser, aber der Entsalzer funktioniert. Wir laden Werkzeuge ein, Verbandsmaterial, Kartoffeln, Rüben und Saatgut. Wir können es schaffen. Er kann es schaffen. Er. Wir. Er. Ich weiß es nicht.

Wir reden nicht oft darüber, was nach der Flucht kommt. Wir haben alles an Bord, um die erste Zeit zu überleben, um einen kleinen Acker anzulegen, um Bäume zu fällen und eine Hütte zu bauen. Stellt er sich das so vor? Wir beide in einer Hütte? Unentdeckt und zu zweit? Friedrich würde aller Voraussicht nach vor mir sterben. Dann wäre ich allein. Natürlich könnten wir einander auch verlassen. Es gäbe keine Mauern mehr, wir könnten in verschiedene Richtungen davongehen.

Er könnte sich mir in den Weg stellen. Er könnte meinen Arm fassen, meine Schulter, noch ist er stärker als ich, aber irgendwann wird sich das ändern.

»Morgen testen wir den Ballon.«

Ich nicke.

Arm in Arm gehen wir zurück zum Hangar.

Ich habe Hunger. »Heute keine Rüben«, verkündet Friedrich. Er kramt in seinen Vorräten und zaubert eine Dose mit eingelegten Aprikosen hervor. Ein seltener Schatz, so etwas gibt es höchstens einmal alle drei Jahre, er muss sie aufgehoben haben für einen besonderen Moment. Dazu hat er Opferwein, Knäckebrot, Büffelkäse und zum Schluss ein Gläschen Selbstgebrannten. Es könnte ein Fest sein.

»Du und ich«, sagt er.

»Ja«, sage ich.

Als ich mich in seine Arme lege, ist es wie immer, wie früher. Es ist mein Friedrich, der mir gefehlt hat.

Am nächsten Tag hieven wir unser Boot über den Schnee in die Mitte der Freiheit. Wir haben Seile am Gestell befestigt. Ich ziehe, Friedrich schiebt. Die Seile rutschen mir immer wieder aus den Handschuhen, wenn ich die Handschuhe ausziehe, schneiden mir die Seile in die Haut. Ich habe sie selbst geknüpft mit diesen Händen, denke ich, Stunden, Tage, Wochen, Jahre.

Auch Friedrich hat Schweißperlen auf der Stirn. Aber er lächelt. »Komm, Lola, gleich geschafft!« Sein Atem eine Wolke. Vom Rand sehen uns die Büffel zu, interessiert, vielleicht belustigt.

Friedrich glaubt nicht, dass wir entdeckt werden könnten. Die Fremden orten nur unser Signal, das brauchen sie, um uns die Pakete zu schicken, aber was genau wir hier machen, können sie nicht sehen, sagt er. Ist er sich da sicher? Wir haben weiße Weihtücher dabei, um das Schiff nach dem Test abzudecken, das reicht, sagt Friedrich. Solange ich Wilhelm nichts erzähle, passiert uns nichts, sagt Friedrich.

In der Kapsel nimmt Friedrich meine Hand, dann zündet er den Brenner. Eine Flamme, ein Fauchen. Langsam richtet sich der Ballon auf. Der Brenner faucht weiter. Aus einem Gebüsch flattert ein Schwarm kleiner Vögel auf. Sie schimpfen mit uns. Spatzen. Die Nähte des Ballons halten. Er hebt sich, schwebt. Die bunten Stoffbahnen, die Form, die Größe, das alles sieht aus wie ausgedacht. Ein Traum. Die Vögel verstummen, lassen sich in den Sträuchern nieder, vielleicht staunen sie. Die Büffel heben die Köpfe und rufen, dunkle Laute. Wir heben ab. Ich schließe die Augen.

Friedrich drückt meine Hand. »Alles klar?«

Alles klar. Alles dicht. Nach zwei Metern brechen wir ab. Wir dürfen das Gas nicht verschwenden, den Rest brauchen wir für den echten Start. Vorsichtig den Brenner schließen, langsam absinken, gut, vorsichtig, wir landen auf dem Gestell, der Kiel bleibt heil.

Zurück auf dem Boden schwanke ich. Friedrich setzt sich sogar.

»Alles klar?« Jetzt bin ich es, die fragt. Friedrich rührt sich nicht. Sein Blick zittert.

Ich setze mich zu ihm in den Schnee. Ich nehme sein Gesicht in meine Hände. Friedrichs Zittern fließt aus seinem Blick heraus, in seinen Kopf, seine Schultern, seinen Bauch, fließt bis in mich hinein, sein Kopf sinkt in meinen Schoß und bleibt da liegen.

Wie bei dem Kind, denke ich. Ich streichle Friedrichs Kopf, sein Haar, wie kann es das gleiche Haar sein, das Haar des Kindes ist viel weicher. Friedrichs Oberkörper zuckt, ein Schluchzen: »Lola.«

»Ja.«

»Lola. Ich will nicht entschwinden.«

»Du wirst nicht entschwinden. Du wirst abhauen. Wir. Wir werden abhauen.«

Friedrich schweigt.

»Komm, Friedrich«, sage ich, »komm! Es gibt nur diese Möglichkeit.«

Er setzt sich auf, ganz plötzlich, und sieht mich an. Sein Blick erschreckt mich. Es ist nur ein Moment, ein Blitzen, dann ist es wieder weg.

»Ja«, sagt Friedrich, und dann steht er auf. »Los, der Stoff darf nicht nass werden.«

Und schon raffen wir gemeinsam den Ballon zusammen, falten den Stoff und verschließen ihn trocken in der Kapsel. Wir arbeiten geordnet und zügig. Auf Friedrichs Gesicht liegt keine Gefahr mehr. Es war nur ein Moment, Erschöpfung vielleicht. Wir sprechen nicht darüber.

Zum Schluss decken wir alles mit den Weihtüchern zu und beschweren die Ränder mit Schnee. Friedrich tritt ein paar Meter zurück, er umrundet unser Werk und nickt. Von Nahem sind unsere Spuren zu sehen, Fußabdrücke, Schleifspuren, Löcher vom Schaufeln. Aber von Weitem wird es aussehen wie eine Schneewehe.

Ich stelle mich neben ihn und nehme seine Hand. Er zieht mich zu sich, legt seinen Arm um mich, mein Kopf an seinem Hals, auf seinem Hals der vernarbte Mond.

»Wann?«, frage ich.

»Nächste Woche, sobald der Wind günstig ist.«

Den Sonntag will Friedrich unbedingt noch in den Mauern verbringen.

»Dann sind wir noch einmal alle zusammen. Und ich habe dem Kleinen doch ein Schneehaus versprochen«, sagt er.

»Fünf Tage«, sage ich.

»Fünf Tage.«

»Ich werde da sein.«

»Versprichst du es?«

»Ja. Am Sonntag werde ich in Charlottenburg sein, und dann komme ich mit dir zurück, und wir warten auf den Wind.«

»Und versprichst du –«

»Ich werde nichts verraten. Auch Wilhelm nicht.« Friedrich nickt und lässt mich gehen.

XXXIII

Fünf Tage.

Am ersten Tag weiß ich nicht, wohin mit mir. Ich reite die Achsen ab, die Wege, ich reite über die Straßen des großen Gartens und rufe meinen eigenen Namen. Ich binde das Pferd an einen Baum und schlage mich durchs Dickicht. Ich rufe weiter. »LO-LA!« Keine Antwort. Ich rufe, bis es dunkel wird.

Als ich zu meinem Pferd zurückkomme, ist es unruhig. Ich habe es zu lange warten lassen, angebunden und allein im Rauschen der Bäume. »Verzeih mir«, flüstere ich und streichle seinen Kopf, die warme Stelle zwischen den Ohren, »bitte verzeih.« Es schnaubt versöhnlich und sieht mich an. »Ich weiß auch nicht, wohin«, sage ich. Ich steige auf und lasse das Pferd machen, was es will. Es trabt zur Kerninsel und dort in den Schlosshof. Ich bringe es in den Stall und versorge es, dann suche ich mir einen Platz hinter den großen Fenstern im Obergeschoss. Ich spiegle mich in den Scheiben.

Eine Weile sehe ich mein Spiegelbild an, als könnte ich in meinem eigenen Blick eine Antwort erkennen, dann schalte ich meine Lampe aus und blicke hinaus in die Dunkelheit.

Friedrich hat mir erzählt, es gebe spätere Versionen des Mythos, in denen Odysseus Kinder mit Kirke hat. Ob Odysseus darüber nachgedacht hat, die Kinder mitzunehmen, weiß Friedrich nicht. Er kennt den Wortlaut nicht. Er kann die Passage zwar auswendig, aber nur in der Version Homers.

Wahrscheinlich hat Odysseus nicht darüber nachgedacht. Und wenn doch: Kindesentführung. Unverantwortlich. Rücksichtslos. Gefährlich.

Weint er, als er die Kinder zurücklässt?

Bei Homer gibt es die Kinder nicht. Das macht es einfacher. Trotzdem weint Odysseus. Ich habe nie verstanden, ob das nur Angst ist, weil Kirke ihm verraten hat, was ihm noch bevorsteht, oder ob es zumindest zum Teil Abschiedsschmerz ist. Vielleicht entsteht diese Unklarheit auch erst in der Übersetzung.

Ich werde weinen, wenn ich mitgehe. Ich werde weinen, wenn ich hierbleibe.

Eines Winters, ich zählte neun Sommer, habe ich mir den Fuß verstaucht. Der Fluss war von einer Eisdecke überzogen, dick genug, um ein Kind und zwei junge Männer zu tragen. Wilhelm und Alexander schlitterten mit mir darauf herum, mit den Füßen schossen sie etwas auf dem Eis hin und her, einen Stein oder ein Eisstück, ich versuchte, es zu erreichen, fiel hin, und als ich wieder aufstehen wollte, schrie ich vor Schmerz. Die anderen haben mich zwei Wochen lang gepflegt. Sie haben meinen Fuß gekühlt, Else hat Salben bereitet, Alexander hat mir vorgesungen, Wilhelm hat mich getragen, und Friedrich hat einen Schlitten gebaut, auf dem die anderen mich gezogen haben, bis ich wieder gehen konnte.

Ich sollte schlafen.

Am nächsten Morgen riecht es nach Tee. Ich öffne die Augen, und da ist Wilhelm, er sitzt etwa vier Meter entfernt auf dem Boden und hantiert mit seinem Kocher herum. »Ich habe dein Licht gesehen, gestern«, sagt er.

»Mein Licht?«

»Dein Licht und deinen Umriss hinter dem Fenster. Ich wollte dich nicht stören, aber ich dachte, ich bringe dir das Frühstück ans Bett. Es ist schon heller Tag.«

Ich setze mich auf und blinzle durchs Fenster. »Na ja, hell.« Draußen ist alles Nebel.

Wilhelm lacht. Er bringt mir Tee, Zwieback, Nüsse, getrocknete Pflaumen. Ich esse, ich trinke, ich lehne mich an ihn.

Er streicht mir übers Gesicht. Ein leises Lächeln. Wahrscheinlich ist mein Gesicht dreckig.

»Ich war im Dickicht im großen Garten«, sage ich.

Wilhelm nickt, er fragt nicht, warum ich dort war. Er nimmt eine Serviette, hält sie in den Wasserdampf und gibt sie mir. Ich wische mir über Stirn und Wangen. »Besser?«

»Ja«, sagt er und legt den Kopf schräg, »ich glaube, jetzt erkenne ich dich wieder.«

Ich ziehe ihn zu mir und küsse ihn. Er ist wärmer als ich. Der zweite Tag, denke ich. Jetzt sind es nur noch vier.

»Nimmst du mich mit zu den anderen? Zum Kind?«, frage ich.

Wilhelm sieht mich lange an, schweigt, senkt den Blick und hebt ihn wieder. »Natürlich«, sagt er.

XXXIV

Während ich die Tage herunterzähle, leben wir so, wie es Else gefällt. Mann–Frau–Kind–Frau–Mann, und alle unter der Charlottenburger Kuppel, Triumph der Symmetrie. (Ich bin nur deshalb so gemein, weil ich mich selbst danach sehne.)

»Weißt du noch«, fragt Else, wenn sie dem kleinen Friedrich das Haar kämmt, und natürlich weiß ich es noch. Es ist keine gute Erinnerung, aber das ahnt sie wahrscheinlich nicht. Else war grob, wenn sie mir die Haare kämmte, strenges, ungeduldiges Zerren. Jetzt bei Friedrich ist sie sanfter.

Ich muss an die Fotos im Archiv denken. *Holger, 15 Monate alt. Erstickt.* Ich würde gern mit Else darüber reden, aber das geht nicht. Sie würde merken, was los ist. Als ich ein Kleinkind war, behauptete sie, sie könne an meiner Nase sehen, ob ich die Wahrheit sage. »Deine Nase wackelt!«, rief sie, wenn sie mich bei einer Lüge erwischt hatte. Es dauerte Jahre, bis ich sie durchschaute.

Sie kämmt den Kleinen, ich ziehe ihn an. Else hat Sachen aufbewahrt, die sie für mich genäht hat, als ich so klein war. Es sind Blumen daraufgestickt. Ich knöpfe das Jäckchen zu, winzige Knöpfe, und sobald ich aufsehe, strahlt und leuchtet mich der kleine Friedrich an. Jedes Mal. Vielleicht hat Wilhelm recht.

Ich muss an das Farbfoto denken, rot und blau. Ich muss daran denken, was Else gesagt hat. Manchmal gibt es keine andere Wahl. Ich habe eine Wahl. Ich würde so gern mit ihr reden.

Wilhelm und Alexander suchen die Pakete und machen Frühstück. Sie arbeiten sich zu, reichen sich Teller hin und her und lachen dabei. Bevor Alexander sich auf Else festgelegt hat, waren Wilhelm und er manchmal zusammen. Ich erinnere mich, wie Alexander Wilhelms Nacken geküsst, wie Wilhelm sich zu ihm umgedreht hat, dann Alexanders Hand in Wilhelms Haar, ein Kuss, ein Lachen, ein Kuss. Wenn ich weg bin, werden sie sich neu sortieren müssen.

Das Kind läuft zwischen uns hin und her, und am Ende sitzt es immer auf meinem Schoß, und die anderen sehen uns an mit so einem verzückten Blick, den ich nicht aushalten kann.

»Er hat dich ausgesucht«, sagt Wilhelm, und sogar Else nickt dazu.

Noch drei Tage. Ich nehme das Kind auf Arm und Hüfte und trage es mit mir herum, die Flure des Charlottenburger Schlosses entlang, die Wege des Schlossgartens, ich singe und summe, Sommerlied, Winterlied. Ich sollte das nicht machen. Er wird mich vermissen. Ich werde ihn vermissen. Das Kind singt mit, Vokale und Doppelworte. Er soll eine Erinnerung haben an mich, wenn ich weg bin. Wenn ich weggehe. Wenn.

Noch bin ich hier. Sie wundern sich, dass ich so lange bei ihnen in Charlottenburg bleibe.

»Na, auf den Geschmack gekommen?«, fragt Alexander, und Else lächelt und nickt, sie sagt nicht: »Siehst du! Ich wusste es.« Aber ich höre es trotzdem. Nachts krieche ich zu Wilhelm unter die Decke, und er sieht mich an, anders als sonst. Später dann tappt das Kind durch unsere Tür und kriecht zwischen uns. Warme Hände, kalte Füße. Ich muss diese Fotos aus meinem Kopf bekommen.

Noch zwei Tage.

Am Morgen glaube ich Hufgetrappel zu hören, von Weitem. Wilhelm lauscht auch, hebt den Kopf, den Oberkörper, steht auf.

»Das ist Friedrich«, sagt er.

Ich stelle mich mit dem Kleinen ans Fenster und sehe zu, wie Friedrich die Straße hochreitet. Er kommt einen Tag früher als vereinbart. Warum?

Als Friedrich mich erkennt, erschrickt er, es zeigt sich nur kurz in seinem Gesicht, aber ich habe es gesehen. Warum erschrickt er bei meinem Anblick? Er winkt. Ich hebe die Hand und drehe mich weg.

Oben angekommen, umarmt er uns alle nacheinander, ich bin die Letzte in der Reihe.

»Was machst du hier, jetzt schon?«, flüstere ich ihm zu.

Er antwortet: »Was machst *du* hier, jetzt schon?«

Dann wendet er seinen Blick ab, wendet sich dem kleinen Friedrich zu und nimmt ihn mir aus den Armen. »Komm, mein Kleiner, heute gehöre ich ganz dir, was willst du spielen?«

Wilhelm mustert die beiden Friedrichs, sein Gesicht verdunkelt sich, er folgt ihnen und lässt sie nicht aus den Augen.

Beim Mittagessen wundere ich mich über Friedrichs Appetit. Ich bekomme kaum einen Bissen herunter, aber er greift zu, kaut und trinkt, klopft auf Schultern, auf den Tisch und lobt Zubereitung, Duft, Geschmack.

Kaum sind wir fertig, drängt er darauf, den Kleinen mit nach draußen zu nehmen. Ich würde gern noch ein bisschen mit den anderen am Tisch sitzen bleiben, jeder Moment zählt, aber Friedrich besteht darauf: »Kommt, ihr drei! Lola, Wilhelm, kleiner Friedrich! Wir haben keine Zeit zu verlieren. Ich habe euch ein Schneehaus versprochen, und wir wollen doch fertig sein, bevor es dunkel wird.«

Also gehen wir nach draußen in den Schlossgarten, wir wandern bis hinter den Ententeich und beginnen dort zu bauen. Emsig, emsig. Friedrich zieht das große Messer aus seinem Rucksack, das heilige, mit dem ich den Büffel geschlachtet habe. Damit schneidet er große Blöcke aus dem Schnee, die wir übereinanderschichten. Formen, schichten, festigen. Auch das Kind hilft mit und klopft den Schnee fest.

Als ich klein war, haben wir das jeden Winter gemacht, nur ohne Messer. Unsere Wangen leuchten rot, unser Atem dampft, unser Häuschen wächst schnell. Sobald es fertig ist, legt Friedrich ein Büffelfell hinein. Das hat er mitgebracht, denke ich. Das Büffelfell und das heilige Messer. Wieso hat er das mitgebracht?

Wir kriechen ins Innere. Erst Friedrich, dann Wilhelm, dann reiche ich das Kind hinein und klettere hinterher. Wenn wir uns dicht an dicht legen und die Beine anziehen, passen wir drei Erwachsenen nebeneinander. Der Kleine liegt auf unseren Bäuchen. Das gefällt ihm, er wechselt hin und her, kichert dabei, liegt auf Friedrich, auf mir, auf Wilhelm, auf Friedrich. Friedrich summt das Winterlied, und das Kind kommt zur Ruhe. Wir alle kommen zur Ruhe. Ich lege meinen Kopf an Wilhelms Schulter, ich schließe die Augen, atme Wilhelms Geruch ein, unser aller Geruch, Schweiß, Schnee und Kind, Wilhelm streichelt meinen Kopf, ganz leicht, im Innern meines Kopfes Friedrichs Summen. Ich halte jetzt einfach die Zeit an, denke ich, und dann hält die Zeit an, und alles ist gut.

XXXV

Lola!« Jemand rüttelt mich. »Lola!« Ich öffne die Augen. Es ist dunkel. »Lola!« Das ist Wilhelm. Wo sind wir? »Lola! Sie sind weg!« Jetzt bin ich auch wach.

Im Schneehaus sind sie nicht. Vor dem Schneehaus sind sie nicht. Vielleicht sind sie zu den anderen zurück ins Warme gegangen. Vielleicht war dem Kleinen kalt, und sie wollten uns nicht wecken. Vielleicht. Bestimmt. Wieso ist Wilhelm so unruhig?

Es ist zu dunkel. Wir brauchen Licht. Ich klopfe meinen Anzug nach dem Lichtzeug ab. Wilhelm ist schneller, zischt seine Flamme an. Das Licht ist zu klein, um wirklich etwas zu erkennen. Was wir sehen: niemand in der Nähe des Schneehauses, kein großer Friedrich, kein kleiner. In der Ferne leuchten die Fenster des Schlosses, zu weit weg, um zu rufen. Ich setze trotzdem zu einem Ruf an, vielleicht sind die Friedrichs ja in der Nähe. Aber Wilhelm legt mir zwei Finger auf den Mund. Flüstert.

»Pssst. Er soll uns nicht hören.« Ich bin still. Ich verstehe das nicht.

Wilhelm leuchtet den Boden ab, bis er Fußspuren entdeckt, große und kleine, sie führen zum Fluss, die Böschung hinunter. Es ist glatt.

Was wollen die da unten?

Wilhelm rennt, rutscht, rennt, warum rennt er, sein Licht in der Hand flackert, ich komme kaum hinterher, jetzt ruft er doch, schreit: »Friedrich! Friedrich!«

Unten am Ufer zwei Gestalten, groß und klein. »Friedrich!«, schreit Wilhelm, und die große Gestalt hält in ihrer Bewegung inne. Es ist zu dunkel, ich kann nicht erkennen, was für eine Bewegung das war, nur, dass die Gestalt sie abgebrochen hat, »Friedrich!«, und nun stehen die beiden dort nebeneinander, groß und klein, und rühren sich nicht. Zentimeter hinter ihnen schieben sich die Eisschollen über den Fluss.

»Friedrich!« Jetzt ist Wilhelm bei ihnen, reißt das Kind an sich, in seine Arme, hält es fest, fest, fest und stapft mit ihm die Böschung hinauf, mir entgegen, mit dem Kind und dem Licht, an mir vorbei. »Bring den Alten hier weg, Lola«, zischt er mir zu, »bring ihn weg.« Und dann ist er mit dem Kind verschwunden. Ich blicke ihnen nach ins Schwarze, dann klettere ich die Böschung hinunter. Unten hat sich Friedrich neben seinem Rucksack zusammengekauert und weint.

»Komm«, sage ich.

Wir schweigen. Wir schweigen uns die Böschung hinauf, schweigen uns die Pferde hinauf, schweigen und leuchten uns den Gartenweg entlang, die Straßen entlang.

Friedrich hat die Kopflampen dabei.

Das Messer, das Büffelfell, die Lampen. Wieso hat er das alles dabei? Wieso hatte er die Lampe vorhin nicht auf? Wieso ist er früher gekommen? Wieso ist er erschrocken, als er mich gesehen hat?

Wir schweigen uns bis nach Tempelhof.

Erst als die Tür des Hangars eingerastet ist, mache ich den Mund auf. »Was war das, Friedrich?« Ich kann nicht vergessen, wie Wilhelm geschrien hat, am Ufer. Wie Wilhelm gerannt ist. Was hat Wilhelm gedacht? Was hat er gesehen?

Friedrich schweigt.

»Friedrich.«

Er schweigt, macht Licht, setzt den Rucksack ab, schiebt mir einen Stuhl an den Tisch. Ich setze mich. Er wühlt in einer seiner Kisten, kommt mit einem Kanister Selbstgebranntem und zwei Gläsern zurück und setzt sich auch. Er schenkt uns ein, wir trinken, er schenkt nach. Er schweigt. Nach dem dritten Glas trinke ich nicht mehr mit. Friedrich merkt es nicht, er blickt kaum auf, sinkt mehr und mehr in sich zusammen.

»Friedrich. Was war das? Was hast du mit dem Kind gemacht?«

Ein trüber Blick.

Ich schenke ihm nach. »Was wolltest du mit dem Kind machen?«

Er trinkt, seufzt, trinkt. »Das bin doch ich, Lola. Nur ich. Alles ist eins«, er legt den Kopf in die Hände, »er oder ich, das kannst du nicht trennen, alles eins.«

Ich schenke ihm nach.

»Wenn er ist, kann ich nicht sein, wenn ich sein will, kann er nicht sein.« Er schluchzt. »Ich will nicht entschwinden.« Seine Hand schnellt über den Tisch, bekommt meine zu fassen, krallt sich fest. »Ich will dich nicht verlieren, Lola.« Er lallt. Ein Speicheltropfen im Mundwinkel. »Lola. Nicht noch einmal.« Sein Kopf fällt in seine freie Hand. Er schluchzt. Schnieft.

Ich wende meinen Blick ab. Seine Hand umklammert immer noch meine, sie ist feucht und zuckt. Das letzte Mal, denke ich. Ich weiß nicht, warum ich das denke.

»Was ist mit der alten Lola passiert?«

Ich weiß nicht, warum ich das frage. Aber es scheint die richtige Frage zu sein. Friedrichs Kopf hebt sich abrupt. Sein Blick ganz klar, fast nüchtern jetzt. Er öffnet den Mund, setzt zu einem Wort an, schließt den Mund wieder, heftet seinen Blick an meinen, eine Sekunde, zwei, dann senkt er ihn, er schüttelt den Kopf, fasst meine Hand noch fester, schließt die Augen.

Du wolltest das Kind umbringen, denke ich. Erst denke ich es, dann flüstere ich es. Ich flüstere es wie zur Probe, um herauszufinden, ob ich das wirklich glaube.

Friedrich rührt sich nicht.

»Du wolltest ihn ertränken.«

Friedrich schweigt und rührt sich nicht, eine Hand hält weiter seinen Kopf, die andere klammert sich an mich.

»Es hätte wie ein Unfall ausgesehen, du hättest sagen können, du seist mit uns eingeschlafen und habest nicht bemerkt, wie das Kind nach draußen gekrochen ist. Du hättest sagen können, du habest es suchen wollen, du seist seinen Fußspuren bis ans Ufer gefolgt. Ausgerutscht, untergegangen zwischen den Eisschollen, nicht mehr zu sehen, nicht mehr zu retten. Du hättest ihn ertränkt und dann um Hilfe gerufen. Ich hätte dir geglaubt. Ich hätte dir alles geglaubt.«

Friedrich hebt den Kopf, seine Augen sind rot und laufen über. »Nicht, Lola. Bitte.«

»Du bist einen Tag früher gekommen, damit ich nicht dabei bin.«

»Lola.«

»Warum hattest du das Messer dabei?«

»Lola. Nicht.«

»Warum, Friedrich?«

Er sieht mich nur an und schüttelt den Kopf. Er hält immer noch meine Hand. Ich ziehe sie nicht weg. Ein letztes Mal.

»Es hätte nur noch dich gegeben, nur noch einen Friedrich. Du hättest Zeit gewonnen. Einen Sommer, vielleicht zwei.«

Er schüttelt den Kopf.

»Aber warum? Warum, Friedrich? Das Boot ist doch fertig. Es ist seetauglich und flugtauglich, ich habe selbst alles kontrolliert, jede Verbindung, jeden Hebel, es funktioniert, und es ist beladen, morgen könnten wir los, wenn der Wind gut steht.«

Jetzt lächelt er. Warum lächelt er?

»Antworte mir, Friedrich.« Er schweigt.

Ich entreiße meine Hand seinem Griff. Ich schenke uns ein. Ich stoße mein Glas an seines. Wir trinken. Ich drücke den Rücken durch. Auch er sitzt nun aufrechter. Auge in Auge. Er atmet ruhig. Ich atme ruhig.

»Was war mit der alten Lola? Wo ist sie hin?« Friedrich schweigt.

»Ist sie ohne dich gegangen?« Friedrich schweigt.

»Was hast du mit ihr gemacht? Sag es mir. Wollte sie ohne dich weg, und du hast sie umgebracht?«

Er schüttelt den Kopf.

»Redet deshalb niemand über sie?«

»Bitte, Lola. Nicht. Nicht noch einmal.«

Wir schweigen und atmen. Er wird mir nicht antworten, denke ich.

»Lola«, sagt er.

Ich blicke mich um. Friedrichs Hangar. Seine Bücher, seine Truhen, seine Sammlungen, sein Lager.

»Ja«, sage ich. »Friedrich und Lola. Du und ich.«

Friedrich schluchzt, lacht, schluchzt.

»Komm«, sage ich, »komm, Friedrich, alles ist gut. Trink.« Ich stehe auf, umrunde den Tisch, fülle seinen Becher bis zum Rand. Meine Hand auf seiner Schulter. »Trink.«

Er trinkt.

»So ist's gut«, sage ich. Ich streichle seinen Kopf. Er seufzt. Ich setze mich auf seinen Schoß. Er seufzt, lässt die Stirn auf meine Brust sinken. »Es ist gut, Friedrich, es ist alles gut. Du und ich.« Ich hebe sein Kinn, sehe ihm in die Augen und küsse ihn.

»Lola«, flüstert er. Er tastet sich durch mein Haar, über meinen Nacken, meine Brust, meinen Rücken. »Lola.«

»Komm, trink noch einen Schluck.« Er trinkt. Ich küsse ihn. Er trinkt.

Ich stehe auf und löse mein Haar. Er lächelt. Ich schenke ihm nach. Er trinkt. Ich löse meinen Gürtel und lasse ihn zu Boden fallen. Er lächelt. Ich setze mich auf seinen Schoß. Ich löse seinen Gürtel. Er seufzt. Ich beuge mich an sein Ohr, den Gürtel halte ich noch in der Hand. »Du und ich«, flüstere ich, »du und ich.« Er seufzt und schließt die Augen.

Meine Augen bleiben offen. Jetzt musst du schnell sein, Lola, denke ich, es gibt nur einen Versuch. Ich küsse ihn weiter und greife gleichzeitig nach seiner Hand. Er drückt und streichelt meine Finger. Ich halte fest, küsse weiter. Ein letztes Mal. Seine Augen geschlossen, meine offen.

Schnell, Lola.

Ich fasse die zweite Hand und führe beide hinter der Stuhllehne zusammen. Friedrich öffnet die Augen. Schnell. Ich schlinge den Gürtel um seine Handgelenke, ziehe zu und lasse den Verschluss einrasten.

Friedrich reißt die Augen auf. Noch sitze ich auf ihm. Er wehrt sich nicht. Vielleicht hat er noch nicht begriffen. Ein Kuss noch, ein allerletzter, dann stehe ich auf, greife mir meinen eigenen Gürtel vom Boden und fessle seine Beine an den Stuhl.

Er wehrt sich nicht. Vielleicht hofft er noch, es sei ein Spiel. Vielleicht hat er aufgegeben.

Friedrich hat die Augen geschlossen und den Kopf in den Nacken gelegt. An seinem Hals die Narbe. Der Mond.

»Lola.«

Ich wende den Blick ab.

»Lola!«

Ich schließe meinen Anzug, nehme meinen Rucksack, meine Kopfleuchte und trete ins Freie.

Vielleicht hätte ich mich noch einmal umdrehen sollen, denke ich. Vielleicht hätte ich noch etwas zu ihm sagen sollen.

XXXVI

Mein Pferd ist müde. Es schnaubt, als wolle es mich nicht sehen. Vielleicht riecht es den Verrat.

»Komm, mein Liebling, einmal noch, ein letztes Mal, zeig mir, was du kannst!«

Ich kann nicht schnell reiten im Schnee und in der Dunkelheit. Der Weg wird eine Stunde dauern, dann wieder eine Stunde zurück.

In meinem Kopf drehe ich es hin und her. Warum? Das Boot ist doch fertig. Der Schnee dämpft die Hufschläge. Unser Weg führt die Anhöhe hinab und folgt dann dem Kanal. In den Büschen am Ufer rascheln die Krähen. Eine fliegt auf und krächzt: Warum? Übermorgen hättest du weg sein können. Sogar morgen schon, der Wind steht gut. Die Krähe dreht eine Runde über meinem Kopf, dann landet sie und hüpft ein paar Meter neben uns her. Warum? Ich reite weiter, immer am Wasser entlang. Weit im Westen streifen wir den Rand des großen Gartens. Im Gebüsch knistert und raschelt es, rundum liegt stumm die Stadt. Ich bremse mein Pferd, lösche meine Lampe und starre ins Dunkel.

»Lola.« Mein Flüsteratem bildet eine kleine Wolke und löst sich dann auf.

Der große Garten schweigt.

Mein Pferd schnaubt, es tänzelt auf der Stelle, es will wissen, wie es weitergeht. Ich schalte meine Lampe ein. Vorwärts. Am Wasser entlang, weiter nach Westen und dann nach Norden.

Du traust dich nicht, denke ich. Du wolltest ihn umbringen, weil du dich nicht traust abzuhauen, mit mir nicht und ohne mich auch nicht. Ich hätte das schon früher begreifen müssen, denke ich. Jahre, Jahrzehnte, Verzögerungen.

Los, mein Pferd, mein Liebling, lauf. Einmal noch.

Schilfboot, Floß, Katamaran. Du hast geschwitzt, hast gerechnet und gebaut, und die ganze Zeit wusstest du, dass du am Ende nicht gehen wirst. Du hast mich beschäftigt gehalten. Rechnen, navigieren, nähen. Seile knüpfen. Du wolltest nicht, dass ich selbst ein Boot baue, allein, und ohne dich gehe.

Ich reite seitlich an das Schloss heran und lasse mein Pferd an der Orangerie, dort klappern die Hufe nicht. An der Schwelle ziehe ich die Schuhe aus. Ich meide die knarzenden Stellen des Parketts.

Vielleicht glaubst du gar nicht an die Alpen. Aber

ich, ich glaube daran. Ich habe die Gemälde gesehen und die Atlanten mit den Höhenlinien. Ich habe den Ozean rauschen hören. Und ich kenne das Boot. Ich kenne es auswendig. Ich kann es steuern.

Zuerst sehe ich bei Else und Alexander nach. Hier ist das Kind nicht. Sie schlafen Rücken an Rücken. Elses Haar auf dem weißen Damast, die Bettdecke, die sich mit ihrem Atem hebt und senkt. Merk dir das, denke ich, merk dir das, Lola. Ich würde sie gern küssen. Einmal noch. Rosen und Lavendel. Sogar Alexander würde ich gern küssen. Ich darf sie nicht wecken. Ich schließe die Tür.

Das Kind liegt bei Wilhelm. Er hält es fest im Schlaf, der Kopf des Kindes liegt an seiner Brust. Der Atem des Kindes geht schneller als der von Wilhelm.

Nein, denke ich. Du hast das Kind gesehen, und da hattest du Angst, dass ich hierbleibe. Vielleicht warst du ja wirklich bereit, mit mir wegzufliegen. Aber dann hast du gesehen, wie ich das Kind auf dem Arm halte. Du hast gehört, wie das Kind meinen Namen sagt. Du hast gehört, wie ich seinen Namen sage. Lola und Friedrich.

Wilhelm bewegt sich, schlägt die Augen auf, sieht sich um, sieht mich, fährt hoch, reißt das Kind an sich, dann erkennt er, wer ich bin.

»Lola.«

»Ja.«

Auch das Kind ist aufgewacht, schläfrig blickt es zwischen uns hin und her. Ich lege mich zu ihnen auf das Lager, das Kind seufzt, schmiegt sich an uns und schläft weiter.

Ich schließe die Augen, nur kurz, nur ganz kurz, ich möchte nur ganz kurz so liegen. Ich darf nicht einschlafen.

»Lola, was ist los?«

Ich öffne die Augen. Das Kind hält uns beide fest. Wilhelm sieht mich an.

»Er wird ihn umbringen«, sage ich.

Wilhelm nickt. Dann schüttelt er den Kopf. »Das wird er nicht schaffen. Er wird bald entschwinden. Und bis dahin passe ich auf. Ich passe einfach immer auf.«

Er versucht, meinen Blick zu halten. Er blinzelt.

Das kannst du nicht, denke ich. Du kannst ihn nicht immer im Arm haben. Friedrich ist Friedrich. Friedrich ist schlau. Er ist immer noch stark.

»Er wird eine Gelegenheit finden«, sage ich.

Wilhelm greift das Kind noch fester. Das Kind seufzt, schläft weiter. Wilhelm streichelt seinen Kopf, küsst seine Stirn. Er sieht mich nicht an.

»Du willst ihn mitnehmen, oder?«

Ich hole Luft. Ich sage nichts. Ich habe nichts verraten über das Boot. Seit ich sprechen kann, schweige ich darüber. Nachdenken, Lola. Dass Friedrich dich getäuscht hat, muss nicht bedeuten, dass er in jedem Punkt gelogen hat.

Wilhelm sieht mich nicht an. Er streichelt das Kind.

»Friedrich glaubt, du bist ein Spitzel.«

Wilhelm streichelt weiter das Kind. »Aber was glaubst du, Lola?«

Ich weiß es nicht. Ich schweige.

Endlich blickt Wilhelm auf. Diesmal blinzelt er nicht. »Dass ich etwas über dich weiß, heißt nicht zwangsläufig, dass ich dich verrate.«

Wilhelms Grinsen. Die Linien um seine Augen. Ich kann das nicht deuten.

»Was weißt du denn über mich?«

»Ich glaube, du hast ein Fluchtfahrzeug. Ich glaube, es funktioniert. Ich glaube, du kannst es steuern. Und ich glaube, du hast etwas mit Friedrich gemacht. Sonst hätte er dich nicht gehen lassen.«

Wilhelms Blick ist warm wie immer, ich erkenne nicht, was das bedeutet.

»Ich habe ihn gefesselt«, sage ich, »im Hangar.«

Wilhelm nickt. »Ist er verletzt?«

»Nein.«

»Gut«, sagt Wilhelm. »Warte hier.« Er schiebt das Kind in meine Arme und steht auf. »Lo-La«, sagt das Kind, es sieht mir in die Augen, berührt meine Nase, mein Haar, lacht.

Als Wilhelm zurückkommt, hält er etwas in den Händen. »Da«, sagt er, »für dich.«

Es ist ein Stück Papier, eine ausgerissene Buchseite, wahrscheinlich aus der Bibliothek. Der Text ist vollständig übermalt, schwarze Grundierung, darauf mit weißen Pinselstrichen das Gesicht einer Frau. Ich kenne das Gesicht, aber es sieht nicht aus wie auf den Bestandsgemälden. Der Blick ist ganz anders. Es ist der Blick, den wir vermeiden sollen.

»Bin ich das?«

Wilhelm lächelt. »Das ist die alte Lola, sie hat es selbst gemalt. Kurz danach war sie weg.«

Ich fahre mit dem Finger die Gesichtszüge entlang. Dann drehe ich das Papier um. Keine Notiz, nichts. Die Farbe hat sich bis auf die Rückseite gesogen, auch hier ist kaum noch etwas vom Text zu erkennen, nur ganz unten die Seitenzahl: *163*, und knapp darüber einige Bruchstücke der untersten Zeilen:

niemand nlaß erhalt gang w
stimmt. ehe jetzt ließe ihn.«

»Danke«, sage ich.

Wilhelm nickt.

»Was ist mit ihr passiert?«

Er sieht mich an, als wolle er mir die Gelegenheit geben, die Antwort lieber nicht zu hören.

»Was ich weiß, wird dir nicht helfen. Ich kann dir nur sagen, dass Friedrich lügt, wenn er sagt, er konnte sie nicht finden. Er muss sie noch gesehen haben. Etwas muss passiert sein. Es gab Kampfspuren. Er sah übel aus. Kratzer, blaue Flecken, eine Bisswunde am Hals. Aber was das bedeutet, weiß ich nicht. Friedrich hat nie mit uns darüber gesprochen. Er hat gesagt, ein Wildschwein habe ihn im großen Garten angegriffen, während er nach Lola gesucht hat. Aber das kann nicht stimmen. Die Bisswunde war von einem Menschen.«

»Ein Halbmond.«

»Ja.«

»Warum hast du mir das nie gesagt?«

Seine Mundwinkel zucken. »Ich habe es dir gesagt. Gerade eben.«

»Du hättest es mir früher sagen müssen.«

»Hättest du mir geglaubt?« Ein Lächeln.

Ich weiß es nicht.

»Vielleicht hat sie den Kampf gewonnen und ist abgehauen«, sagt Wilhelm, »das ist zumindest die Geschichte, die ich mir vorstelle.«

Ich nicke. Vielleicht wartet sie auf mich, denke ich, in den Alpen.

Wir liegen lange so, das Kind zwischen uns, und sehen uns an.

»Ich weiß es nicht«, flüstere ich. »Ich weiß nicht, ob ich ihn mitnehmen will.«

Ich bekomme diese Bilder nicht aus dem Kopf, die aus dem Archiv. Erstickt. Ertrunken. Vielleicht ist es besser für ihn hier. Vielleicht kann Wilhelm das Kind beschützen. Vielleicht können wir den alten Friedrich einsperren, bis er entschwindet.

»Wer bin ich, das zu entscheiden.«

»Du bist Lola. Du bist jetzt seine Lola, er hat dich ausgesucht. Wer soll es sonst entscheiden?«

»Du könntest mitkommen, wenn du willst. Es müsste gehen. Du bist leichter als Friedrich.«

Wilhelm nimmt meine Hand. Er zieht die Nase hoch. Eine Träne, ein Lächeln, dann lässt er los.

»Das ist eure Flucht, nicht meine. Ich muss hierbleiben.«

Ich frage nicht weiter.

Er hilft mir, dem kleinen Friedrich seinen Thermoanzug anzuziehen, und trägt ihn neben mir die Flure entlang, die Treppen hinunter, nach draußen, bis zum Pferd.

»Erzähl ihm von mir«, sagt er. Ich verspreche es.

Er umarmt mich fest, dann lässt er mich los, und während ich aufs Pferd steige, geht er vor dem Kind in die Knie und nimmt sein Gesicht in die Hände.

»Lola wird dir von mir erzählen. Lola wird dir von den Alten singen. Du aber wirst jemand Neues sein. Ihr beide. Ihr werdet neu sein.«

Er küsst ihn auf die Stirn, einmal noch, dann reicht er ihn mir nach oben.

»I-Em«, sagt das Kind, »Lo-La.« Es schmiegt sich an mich. Ich wickle es ins Tuch und binde es an mich.

»Das wird funktionieren, Lola. Südsüdost, du hältst einfach immer Kurs, dann wirst du ankommen.«

Ich frage nicht, woher er das zu wissen glaubt und warum er sich da so sicher ist.

Wilhelm nickt, keine Träne mehr. »Morgen Abend reite ich nach Tempelhof und sehe nach, und wenn ihr weg seid, lasse ich Friedrich raus.«

An der Ostkehre drehe ich mich um und leuchte mit meiner Kopflampe zurück. Wilhelm steht immer noch da, ganz klein. Ich hebe die Hand, ich weiß nicht, ob er das sieht, dann treibe ich das Pferd an.

»Los, einmal noch, einmal noch zurück.«

Diesmal reiten wir schneller, die Hufe wirbeln den Schnee auf. Ich summe dem Kind das Winterlied, ich singe ihm das Häschenlied, ich spreche ihm die Lieder vor, die mir Martin in den Sommernächten in den Kopf gelegt hat.

Er sieht die abgerissenen Rückseiten der Stadt
Er sieht den gewundenen Ozeanweg
Und alles wurde gemacht für dich und mich
All das wurde gemacht für dich und mich

Das Kind schließt die Augen, döst, ich halte es fest. Über uns reißen die Wolken auf, eine dünne Mondsichel. Sterne.

Das Pferd kennt den Weg, es will hinter dem Kreuzberg nach Norden, aber ich treibe es weiter geradeaus.

»Heute nicht, mein Liebling, heute nehmen wir den weiten Weg.«

Wir reiten weiter ostwärts, bis zum Südstern, dann erst nehmen wir den Weg bergauf, zur Freiheit. So halten wir Abstand zum Gebäude.

Noch ist es dunkel. Noch ist es Nacht.

Das Pferd bleibt bei uns stehen, während ich die Weihtücher vom Boot ziehe. Das Kind ist aufgewacht. Es scheint nicht beunruhigt.

Ich singe dem Kind, vielleicht singe ich auch mir selbst, während ich den Ballonstoff auspacke.

Wir werden den hellen und leeren Himmel sehen
Wir werden die Sterne sehen, die so hell leuchten
Die Sterne sind für uns gemacht heute Nacht

Das Pferd bleibt weiter bei uns stehen und sieht mir zu. Vielleicht will es sich verabschieden. Hinter den Mauern geht die Sonne auf. Der Himmel färbt sich erst gelb, dann silbern. Als ich das Gasventil öffne, galoppiert mein Pferd davon, über die weite Freiheit, zu den Büffeln.

Der Ballon füllt sich und nimmt seine Form an. Das Kind reißt die Augen auf. »Komm«, sage ich. Ich wickle es aus dem Tuch, hebe es hoch, in die Sitznische, und klettere hinterher.

Ich öffne noch einmal das Ventil, es zischt, und wir heben ab. Schweben lautlos immer höher.

Ich halte das Kind, es hält sich an mir fest, wir atmen ruhig, unter uns die Freiheit, die Pferde und Büffel, die Hangars, Kirchtürme, die Große Halle, die Stadt, der Ort.

Wir steigen höher und höher, ich halte das Kind fest, höher, und dann können wir über die Mauern sehen.

Wir schweben über den Rand.

Der Ozean existiert. Er ist grau und endlos und glänzt.

Dank

Mit Beharrlichkeit und Zuversicht haben mir Philipp Keel, Kati Hertzsch und Anabelle Assaf bei der Arbeit an diesem Buch den Rücken gestärkt. Dafür danke ich ihnen von Herzen.

Anne und Kay, Julia und David sowie Magdalena, Goran und Milan danke ich für die Schreibzeit, die sie mir in ihren ruhigen Räumen gewährt haben.

Mein besonderer Dank gehört Katharina Peter für ihren scharfen wie wohlwollenden Blick, auf den immer Verlass ist, sowie meinem Mann und meinem Sohn – für alles.

Quellen

Der Gesang ab Seite 59 verwendet Elemente aus:
Einzug in das Heiligtum. Ein Psalm Davids (Psalm 24). In: Evangelische Kirche Deutschland und Bund der Evangelischen Kirchen in der DDR (Hrsg.): *Lutherbibel Standardausgabe.* Stuttgart: Deutsche Bibelgesellschaft 1985.
Sowie aus:
Andreas Hammerschmidt: *Machet die Tore weit.* Originalfassung, hrsg. von Uwe Wolf. Stuttgart: Carus-Verlag 2021.
Der Gesang ab Seite 79 enthält Strophen aus dem Kinderreim:
Goldene Brücke. In: Maria Kühn (Hrsg.): *Macht auf das Tor! Alte deutsche Kinderlieder, Reime, Scherze und Singspiele, zum Teil mit Melodien.* Düsseldorf und Leipzig: Karl Robert Langewiesche Verlag 1905, Seiten 187–188.
Das erste Lied auf Seite 104 ist eine Übersetzung aus:
David Bowie: »Heroes«. Text und Musik David Bowie und Brian Eno. *Heroes,* RCA Records 1977. LP.
Das zweite Lied auf Seite 104 ist übersetzt aus:
Iggy Pop: »The Passenger«. Text: Iggy Pop, Musik: Ricky Gardiner. *Lust for Life,* RCA Records 1977. LP.
Letzteres geht auf Seite 105 weiter und taucht auf Seite 234 noch einmal auf.
Das erste Zitat auf Seite 125 entstammt:
Johann Wolfgang von Goethe: *Faust, Erster Theil.* In: *Goethes Werke.* Hrsg. im Auftrage der Großherzogin Sophie von

Sachsen. Weimarer Ausgabe, fotomechanischer Nachdruck der Ausgabe Weimar, Böhlau, 1887–1919. München: Deutscher Taschenbuch Verlag 1987. Bd. 16: Abt 1, Goethes Werke; Bd. 14, Seite 50.

Das zweite kommt aus:

Bertolt Brecht: *Schweyk im Zweiten Weltkrieg.* In: *Die Stücke von Bertolt Brecht in einem Band.* Augsburg: Bechtermünz Verlag 1998, Seite 792.

Letzteres taucht auf Seite 167 noch einmal auf.

Bei dem Märchen, aus dem ab Seite 152 vorgelesen wird, handelt es sich um:

Jacob und Wilhelm Grimm: *Die sieben Raben.* In: Walther Pollatschek (Hrsg.): *Die Kinder- und Hausmärchen der Brüder Grimm.* 6. Auflage. Berlin: Kinderbuchverlag Berlin 1955, Seite 81–88.

Das Fragment auf Seite 230 stammt aus:

Franz Kafka: *Vor dem Gesetz.* In: Franz Kafka: *Die Erzählungen und andere ausgewählte Prosa.* 8. Auflage. Frankfurt am Main: S. Fischer Verlag 1996, Seite 163.

ANNE REINECKE wurde 1978 in Meißen geboren. 1984 siedelten ihre Eltern mit ihr nach Westdeutschland über. Seit Ende der 90er lebt sie in Berlin, wo sie Kunstgeschichte und Neuere deutsche Literatur studierte und für verschiedene Theater-, Film- und Ausstellungsprojekte sowie als Stadtführerin gearbeitet hat. Ihr Debütroman *Leinsee* war nominiert für den Debütpreis der LitCologne und stand auf der Shortlist für das Lieblingsbuch der Unabhängigen (WUB). Sie ist verheiratet und Mutter eines Sohnes.